# FLATLAND

## A ROMANCE *OF* MANY DIMENSIONS

# 平面国

## 一个多维度的浪漫故事

〔英〕
埃德温·A. 艾勃特
著
陈超 译

EDWIN ABBOTT ABBOTT

江苏凤凰文艺出版社
JIANGSU PHOENIX LITERATURE AND ART PUBLISHING

“噢，日与夜，但这是多么神奇！”

*“O day and night, but this is wondrous strange”*

*“And therefore as a stranger give it welcome”*

“故此，且放开胸怀，接纳神奇。”*

* 均出自莎士比亚作品《哈姆雷特》。——译者注（若无特别说明，本书注释均为译者注）

# 题 献

向空间国的全体居民

尤其是 H. C.[1]先生致敬

本书由平面国一个卑微的小人物所著

虽然他曾经只知道二维世界

但后来终于领略到了三维世界的奥秘

他希望居住在

那个天外国度的人

能向往更高形式的存在

探索四维世界、五维世界乃至六维世界的奥秘

从而在立体世界的上等阶层中

拓宽想象力

培养最稀缺、最卓越的美德——谦逊

---

〈1〉 指霍华德·坎德勒（Howard Candler，？—1916），作者的终身挚友，曾在英国著名私立学校阿平厄姆公学担任数学教师。

# 目 录

## 第二部分　别的世界

# 再版序

如果我那位可怜的平面国朋友仍保持着当初开始撰写这本回忆录时的思维活力，那他现在也就不需要我在这篇序言里代他发言了。

首先，他希望向空间国的读者与评论家致谢，在大家的支持下，他的作品以意想不到的速度得以再版。其次，他要为几处谬误与印刷错误（但这并不完全是他的责任）致歉。再次，他希望解释若干个被误解的观点。但他不再是原先那个正方形了。多年的囚禁以及遭到大众的怀疑与嘲笑带来的沉重的负担，再加上年老力衰，让他忘记了在空间国短暂停留时学会的许多思想、观念以及大部分名词术语。因此，他请求我代他就两个特别的批评意见做出回应，其中一个关乎思想，另一个关乎道德。

第一个批评意见是，平面国的人看到线段时，眼中除了长度，肯定还有厚度（如果线段没有厚度，就没办法被看到），因此，他应该（这一点还存在争议）承认他的同胞不仅有长度和宽度，而且还有“厚度”或“高度”（虽然非常小）。

这个批评意见听来颇有道理。因此，我承认，当我第一次听到时，我不知该如何回答。但我这可怜的老朋友的回答让我觉得切中肯綮。

“我承认，”当我向他说起这个批评意见时，他说，“我承认你们的批评家所言非虚，但我并不同意他的结论。确实，我们平面国真的有第三个未被察觉的名为‘高度’的维度，就像你们空间国有第四个未被察觉的维度，至今仍没有名字，但我会称之为‘超高度’。就像你们无法辨识你们的‘超高度’一样，我们也无法辨识自己的‘高度’。就连我——我曾经到过空间国，有幸在二十四小时里领略到‘高度’的含义——现在也无法理解它，或通过视觉与推理认识它，我只能通过信仰领会它。

“原因很明显。维度意味着方向，意味着可以衡量，意味着有长有短、有多有少。现在，平面国中所有线段的‘厚度’（或‘高度’，随你怎么说）完全一样，都是无穷小的，因此，我们无从去思考那个维度。没有哪一个精确的测微计——某个轻率的空间国评论家曾这么说——能为我们带来任何帮助，因为我们不知道要去衡量什么，也不知道该往哪个方向去衡量。当我们看见一条线段，我们只看到它又长又亮——亮度与长度是线段存在的必要前提，一旦亮度消失了，线段也随之消灭。

“因此，当我对平面国的朋友说起那个未被察觉却能被看到的维度时，他们会说：‘啊，你指的是亮度吧。’我答道：‘不，我指的是真正的维度。’他们立刻做出反驳：‘那就量一量吧，或告诉我们它往哪个方向延伸。’这番话令我哑口无言，因为这两点我都做不到。

“就在昨天，圆形首领（也就是我们的最高阶层）前来检视国家监狱——他每年都会见我一次，这是第七回了——第七次向我问道：‘你好点了吗？’我试图向他证明，他不仅有长度和宽度，还有‘高度’，虽然他自己并不知情。

“但他是怎么回答的呢？‘你说我有高度，请量一量我有多高吧。只要能量出来，我就相信你。’我能怎么办呢？我如何才能回应他的挑衅呢？我再次被击败了，他得意扬扬地离开了牢房。

“你仍然觉得这件事情很奇怪吗？你不妨设身处地地想一想。假设有一个来自四维世界的人，降临这个世界探访你，他说：‘当你睁开眼睛，你看见一个平面（它只有两个维度），而你推断它是一个立体（有三个维度），但其实你还看到了第四个维度（虽然你并未察觉），既不是颜色，也不是亮度或任何类似的性质，而是一个真正的维度，但我无法向你指明它的方向，而你也无从去衡量它。’你会对这个探访者说什么？你会不会把他关押起来？嗯，这就是我的命运：我的平面国同胞将一个宣扬三维世界福音的正方形关押起来是天经地义的事，就好像你们空间国的国民会将一个宣扬四维世界福音的立方体关押起来一样。唉，无论在哪个维度，人类的愚昧从未改变，这愚昧迫害了多少人。点、线段、正方形、立方体、超立方体——我们都会犯同样的错误，沦为各自所在维度的偏见的奴隶。正如你们空面国的一个诗人曾说：‘大自然只要轻轻一个动作，足以让世界变得更亲近。〈1〉’”〈2〉

我觉得正方形的这番辩解无懈可击。我希望他对第二个反对意见（与道德有关）的辩解同样清晰有力。有反对意见说他仇视女性，而且这个意见得到了女性的强烈支持。

在大自然的支配下，她们的数量超过了空间国人口的一半，说老实话，我希望将这段内容删去。但那个正方形并不熟悉空

〈1〉 出自莎士比亚作品《特洛伊罗斯与克瑞西达》。

〈2〉 作者希望我补充，他的批评者在这个问题上的误解促使他在他与球体的对话中插入了与这个问题相关的评论。先前他将其略去，是因为他觉得内容太过啰唆。——原注

间国的道德术语，如果我忠实地记录他对这个指责的辩护词，那对他就太不公平了。因此，作为他的代言人和总结者，我想在七年的囚禁里，他已经修正了关于女性与等腰三角形或下层阶级的观点。就个人而言，现在他倾向于认同球体的观点，认为线段在许多重要方面比圆形更优越。但他是以历史书写者的身份写作的，他让自己贴近平面国的主流意见（或许贴得太近了），而且（他已经了解到这一点）就连空间国的历史学家，也总是认为女性与普罗大众的命运（直到不久之前）不值一提，从未被认真关注过。

还有一段更为晦涩的文字。他否认某些批评家说他推崇圆形或贵族阶层，虽然有这样的想法情有可原。他公正地认为，一些圆形在智力上确实世代优于平面国的大部分同胞。他同时也相信，平面国的事实已经表明不能总是通过杀戮镇压革命，这是不言而喻的，无须多费唇舌。大自然让圆形难以生育，已经宣判了他们最终必将失败的命运——“因此，”他说，“我看到了放之万界而皆准的伟大法则的实现，即：当人类以为凭借自己的智慧在某件事情上取得了成功时，大自然的智慧会让他们在另一方面遭遇失败，而后者恰恰是更为要紧的。”

在最后的篇幅里，他恳求读者不要以为平面国日常生活中的每一个细节都能在空间国里找到对应的细节，但他希望能让空间国里思想温和、谦逊的读者觉得他的作品兼具思想性与娱乐性——他们在谈及至关重要却又超越经验的问题时，不会说“这根本不可能”，也不会说“肯定就是这样，我们全都知道了”。

第一部分

# 这个世界

“敬请耐心，因为这个世界多么辽阔。”*

---

* 出自莎士比亚作品《罗密欧与朱丽叶》。

# 一　平面国的本质

我称我们的世界为“平面国”，并不是因为我们这么叫它，而是为了让你们，有幸生活在空间国的快乐的读者，更加清楚地了解它的本质。

想象一下，有张巨大的纸，上面有线段、三角形、正方形、五边形、六边形以及其他形状，它们并非固定在自己的位置上，而是可以在平面上或平面里自由移动，但无力升到上方或沉到下面，就像影子一样——不过那是实体的影子，而且边缘熠熠发亮——这样的话，你就会对我的国家和居民有正确的认识。唉，要是在几年前，我会说“我的世界”，但现在我的思维已经得以拓宽，了解到更高层面的事物，也就不会再说那种话了。

在这样一个国家，你会立刻察觉到，根本不可能存在任何你称为“立体”的事物。但我敢说，你会以为我们至少能够凭视觉去辨认我前面说过的四处移动的三角形、正方形和其他形状。恰恰相反，我们根本看不见什么形状，至少没办法将各个形状区分开来。我们看到的只有线段，其他什么都看不见。我这就解释情况为什么会如此。

把一枚硬币放在你们空间国的一张桌子中央，俯身到这枚硬币的正上方，低头看它，它将会以圆形呈现。

但现在，让身子回到桌边，慢慢地降低你的视线（这样你将越来越贴近平面国居民的生存状态），你会发现那枚硬币在你的视线里逐渐变成椭圆形；到最后，当你的目光与桌沿恰好齐平时（这时候你仿佛成为平面国的居民），那枚硬币看上去不再是椭圆形，而变成了——正如你看见的——一条线段。

如果你以同样的方式去观察从硬纸板上剪下来的三角形、正方形或其他任何形状，也会发生同样的事情。当你把眼睛凑到桌沿去观察，你会发现它所呈现的不再是一个形状，而是一条线段。以等边三角形为例——他在我们这里代表商人这个受人尊敬的阶层——图 1 代表了当你俯身从上方观察时看到的样子；图 2 和图 3 代表了当你的目光接近桌子或与桌子几乎平行时看到的样子；而如果你的目光与桌子恰好齐平（那正是我们在平面国里与他见面时的状态），你看到的就只是一条线段。

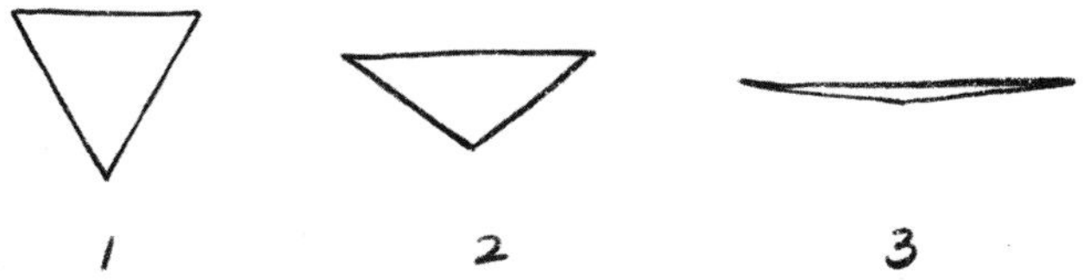


当我在空间国时，我听说你们的水手在航海时，看远方地平线上的岛屿或海岸线时，也有类似的经历。那片遥远的陆地或许有参差不齐、犬牙交错的海湾和海岬，但身在远处的你根本看不见这些（除非你们的太阳灿烂地照耀着它们，通过明暗对比彰显其凸起与凹陷之处），只会看见水面上有一条延绵不绝的灰线。

嗯，这就是在平面国里，当某个三角形或其他形状的熟人朝我们走来时，我们所看到的情形。因为这里没有太阳，也没有任何类似的光源制造影子，所以我们无法像你们空间国的人那样得到视觉辅助。如果那个朋友朝我们走近一些，我们会看到他的线段变长；如果他离我们而去，线段会变短。但他看上去仍是一条线段。无论他是三角形、正方形、五边形、六边形、圆形还是其他任何形状——看上去都只是一条线段，仅此而已。

你或许会问，既然情况如此不利，那我们如何才能将朋友一一分辨。对于这个非常自然的问题，在我介绍平面国居民时，可以更准确、更轻松地给出答案。现在，请允许我把这个话题暂且搁置，先谈一谈我们国家的气候和房屋。

## 二　平面国的气候与房屋

和你们一样，我们的罗盘也有东、西、南、北四个方向。

由于没有太阳或其他天体，我们不可能以你们的方式确定北方的所在。但我们有自己的办法。按照我们的自然法则，南方总有一股引力；尽管这股引力在气候温和时十分微弱——因此，只要健康状况良好，就连一个女性也能不费力地向北走几弗隆[1]——但在绝大部分地区，这股向南的引力所产生的阻碍作用足以被用于指引方向。此外，雨水总是来自北方（会定期降下），起到了额外的辅助作用。在城镇里，我们有房屋作为指引，当然，边墙大部分是顺着南北走向修建，这样一来，屋顶

〈1〉 弗隆：英制长度单位，1 弗隆约 201.168 米。

就能遮挡从北方降下的雨水。在没有房屋的乡村地区，树干起到了一定程度的指向作用。总之，我们要确定方位并不像想象中的那么困难。

然而，在我们气候较为温和的地区，向南的引力几乎难以察觉。有时候走在苍茫的平原上，没有房屋或树木指引方向，我不得不待在原地几个小时，一直等到下雨才能继续行程。对于年迈体衰的人，尤其是对于娇弱的女性，吸引力对他们的影响远比对身强力壮的男性大。因此，出于礼貌，如果在街上遇到一位女士，你要把道路的北侧让给她——虽然当你身体欠佳或置身于难辨南北的气候中，迅速做出这个举动殊非易事。

我们的房屋没有窗户：因为无论白天还是晚上，在屋内或屋外，光在何时何地都能均匀地照射在身上。至于它从何而来，我们就不得而知了。过去，我们的博学之士经常探究一个有趣的问题："光从何而来？"许多人反复尝试解答这个问题，结果却是那些立志要找出答案的人挤满了精神病院。立法会曾尝试通过征收重税间接遏止这类调查研究，却未能收到成效。因此，立法会在不久前下令绝对禁止这一行为。我知道这个神秘问题的真正答案——唉，平面国只有我一人知道，我的同胞无一能明白我所掌握的知识——作为唯一掌握关于空间的真理和光来自三维世界这一理论的人，我却遭到嘲笑，被视为最癫狂的疯子！这些痛苦的题外话暂且不提，让我回到我们的房屋这个话题吧。

如下图所示，房屋最常见的样式是五边形。北边的两条边RO与OF构成了屋顶，在大部分情况下，北边没有门；在东面有一扇供女性出入的小门；在西面有一扇大得多的门，是为男人而设的；南边，即地板，通常没有门。

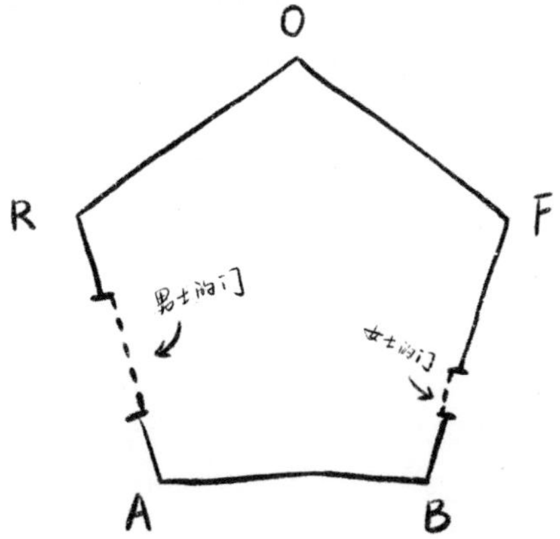


正方形与三角形的房子是禁止建造的，原因如下：正方形的角（等边三角形的角更是如此）比五边形的角要尖锐得多，而无生命的物体（譬如房屋）的边线比男性与女性的边线颜色更浅，若一个粗心大意或心不在焉的游客撞上正方形或三角形房屋的尖角，或许会遭受重创，这可不是闹着玩的。早在平面

国纪元的第 11 世纪，三角形的房屋就遭到立法全面禁止了。唯一的例外是防御工事、火药库、兵营和其他政府建筑，而普通大众不应该轻率地接近这类建筑。

当时，各地仍然允许建造正方形的房屋，但通过征收特别税费加以限制。大约三个世纪后，法律规定所有人口达到一万以上的城镇，为了确保公共安全，房屋的最小角度均不得小于五边形的角度。立法会的举措得到了理智群众的拥护。如今，即使在农村，五边形建筑的数量也远远超过了其他形状。只有在非常偏远且落后的乡下，文物研究者才能偶尔找到一座正方形房屋。

# 三　平面国的居民

平面国的成年人的最大长度或宽度，按照你们的度量单位，大约是十一英寸。十二英寸被认为是最大极限。

我们的女性都是线段。

我们的士兵和最底层的劳工阶层都是等腰三角形，两条等边大约是十一英寸，第三条边或底边非常短（通常不超过半英寸），形成了非常尖锐、可怕的顶角。事实上，当底边退化到最短时（不到八分之一英寸），很难把他们与线段或女性区分开来，他们的顶角是如此尖锐。和你们一样，我们把这些三角形称为等腰三角形，以便与其他形状区分开来。下面我将以这个名字称呼他们。

我们的中产阶级由等边三角形构成。

我们的专业人士与绅士阶层是正方形（我本人就是正方形）和五边形。

在这些阶层之上的是贵族阶层，其中也分好几个等级，最低的是六边形，然后等级随着边数增加而提升，直到获得多边形这个尊贵头衔。最后，当边数变得极多，边的长度变得极短，形状与圆形几乎无法分辨时，他便被归入圆形或教士阶层——这是所有阶层的最高等级。

根据我们的自然法则，儿子会比父亲多一条边，因此，每一代人都会（大体如此）在发育状况和高贵程度上上升一个台阶。因此，正方形的儿子是五边形，五边形的儿子是六边形，以此类推。

但是，这一法则并不总是适用于商人，更不适用于士兵与工人。事实上，他们几乎不配被称为人，因为他们的边并不全都相等。因此，自然法则对他们不适用，等腰三角形（即只有两条边相等的三角形）的儿子仍是等腰三角形。尽管如此，希望并非全然断绝，哪怕是等腰三角形的后代，最终或许也能够摆脱卑微的境况。因为在战场上屡立军功或付出灵巧而辛勤的劳动后，工人和士兵阶层中相对聪明的，第三条边或底边通常会略微增长，另外两条边则会略微缩短。这些更为聪明的底层阶级的儿女通过联姻（由教士安排），会生下形状更加接近等边三角形的后代。

与等腰三角形群体庞大的出生人数相比，等腰三角形父母生下真正的、获得认证的等边三角形孩子的情况是极少的[1]。要生下等边三角形的先决条件，不仅需要一系列精心安排的通婚，而且需要许多代等腰三角形长久地节俭自律，还得持之以恒地、耐心地、系统地优化自己。

在我们国家，等腰三角形父母生下一个真正的等边三角形孩子会是方圆好几弗隆的喜事。在卫生与社会委员会对婴儿执行严格的检查后，如果被认证为等边三角形，将会举行庄严的仪式，把他纳入等边三角形阶层。随即这个婴儿会被立刻从既骄傲又悲伤的父母身边带走，由某户没有子女的等边三角形收养，并发誓绝不会让孩子再回到从前的家庭或去探望亲人，以免这个刚刚完成进化演变的个体在无意识模仿的作用下，又退回到原先的阶层。

祖辈是奴仆出身的家庭偶尔生下一个等边三角形，不仅对

〈1〉 空间国的评论家或许会问："为什么需要认证呢？一个正方形生下的儿子难道不就是自然规律的认证，证明他的父亲是等边三角形吗？"我的回答是：没有哪个有地位的女性会嫁给一个未经认证的三角形。有时候，一个稍微不规则的三角形也会生下正方形后代，但是第一代的畸形会在第三代重现，要么无法进化成五边形，要么退化为三角形。几乎可以说无一例外。——原注

可怜的奴仆们自身来说是好事，因为这为他们单调而卑贱的生活带来了一丝光明与希望；而且大体上也受到贵族阶层的欢迎，因为他们清楚地知道这种罕见的情况对特权所产生的影响微乎其微，甚至可以忽略不计，却是防止自下而上爆发革命最有用的屏障。

要是这帮顶着锐角的乌合之众无一例外地都被彻底夺去希望和理想，他们或许会找到某位精明强干的领袖并发动叛乱，而他们在人数与力量上的优势甚至连圆形的智慧也难以应付。然而，自然法则总是睿智的：当劳动阶级的智力、知识与品性得以提高时，他们锐角（这让他们在外表上令人畏惧）的角度也会随之增加，直至达到与相对无害的等边三角形的角度接近的水平。故而，最残暴可怕的士兵阶层——他们简直就是禽兽，毫无智力可言，几乎与女性处于同一水平——随着控制强大的穿刺力的智力的增强，穿刺力本身却随之减弱。

这个代偿法则多么伟大！这是大自然的合理性的完美证明，我甚至可以说这是平面国的贵族体制的神圣起源！通过对这一自然法则的机智运用，多边形与圆形利用人心中无法遏制的没有止境的希望，总能将叛乱扼杀于萌芽状态；法则与秩序还得到了艺术的协助。将叛乱中那些较有智慧的领袖变成完美的等边三角形——由国家钦命的医生通过人工的揉压或拉伸实施改造——再立刻将他们纳入特权阶层，这是可行之举；而绝大部分仍然未能达标的叛乱分子，在终将成为贵族的美梦诱惑下，被哄骗进国家医院里，遭到终身监禁，这算是体面的下场；至于更为固执、愚昧、无可救药的一两个不规则三角形，结局是直接被处决。

因此，等腰三角形这群可悲的乌合之众，没有计划，没有领袖，要么毫无抵抗地被圆形首领豢养以用于应付这种紧急情况而被同类杀害；又或者，更经常发生的情况是，在圆形一干人等巧妙煽动而挑起的妒忌和猜疑中，互相残杀，死在对方的尖角下。我们的编年史记载了至少一百二十场叛乱，小规模动乱多达二百三十五场，最终无外乎都是这两种下场。

# 四 女性

若士兵阶层中那些有着锋利锐角的三角形令人心生畏惧，或许可以轻松推断出平面国的女性更令人胆战心惊。如果说士兵就像是一个楔子，那女性就是一根针，两端是极其锐利的针尖。除此之外，她们还可以随心所欲地隐身。可以想象，在平面国，女性绝对不是好惹的主儿。

到了这里，某些年轻的读者或许会问，平面国的女性到底如何让自己隐身。我想答案是显而易见的，不过稍做解释能让那些不爱动脑子的人明白。

将一根针放在桌上。然后，让你的目光与桌面齐平，从针的侧边看，你会看到整根针的长度；但如果从针的末端看，除了一个小点，你什么也看不见，好像隐身了一样。这种情况也适用于平面国的女性。当她侧身对着我们时，我们眼里的她是一条线段；当她把眼睛或嘴巴所在的那一端——对我们来说，这两个器官是一样的——对着我们时，我们看到的只是一个明亮的光点；但当她背对我们时——由于背部的亮度很微弱，事实上，几乎与没有生命的物体一样暗——她的后端就相当于一袭隐身衣。

现在，就算是空间国最愚笨的人也一定明白平面国的女性有多危险了。即使是体面的中产阶级三角形，他们的角也会带来危险——如果撞上工人，会被割开一道伤口；如果撞上军官，少不了会受重伤；哪怕只是被普通士兵的尖角轻轻碰一下，都会有性命之虞——那么，撞上女性，除了当场毙命，还能怎么样呢？当一个女性隐身不见或只是一个闪烁着微光的亮点时，哪怕是最谨慎的人，要避免相撞也是极其困难的！

为了将危险降到最低，平面国的各州政府在不同时期颁布过许多法令。在引力作用较强的南方和气候不那么温和的地区，人们更容易做出不由自主的随意举动，所以针对女性的法律自然要严格得多。虽然各州的法律不尽相同，但你通过以下的概述会有大致的了解：

一、所有的房屋应在东边设一入口，仅供女性出入。所有女

性应“以得体而礼貌的姿态”进入，不得从男性专用的入口或西门进入。〈1〉

二、女性在任何公共场合走动时，必须时时发出“安全警报”作为提醒，否则将被处死。

三、任何女性，如被确诊罹患圣维特斯舞蹈症〈2〉、癫痫、伴有剧烈喷嚏的慢性感冒或任何导致动作不受自主控制的疾病，将被立刻处决。

有的州还有一些附加法令，要求女性在公共场合行走或站立时，必须不停地左右晃动背部，以便让身后的人知道她们的存在，否则将会被处死。有的州则要求女性在出行时必须有儿子、仆人或丈夫陪同。还有的州规定女性除了参加宗教庆典，平时一律不准出门。但最为睿智的圆形或政治家发现，对女性的诸多限制不仅会导致女性的身体衰弱和人数减少，还会导致家庭谋杀的案件数量急剧增加，太过严格的法令只会让国家得

〈1〉 当我在空间国时，发现在宗教场所也有同样的做法，为村民、农夫和寄宿学校的老师另设入口(《看客》，1884 年 9 月，第 1255 页)，让他们“以得体而礼貌的姿态”进入。——原注

〈2〉 圣维特斯舞蹈症：曾在欧洲中世纪出现的集体癔症，患者无法控制自己的行为，手舞足蹈直至活活累死，具体的病症成因仍未探明。

不偿失。

因为每当女性被困在家里或在外面受到诸多管制后，她们往往会将脾气发泄在丈夫和孩子身上。有时候，在气候不那么温和的地区，女性会集体爆发脾气，整个村庄的男性在一两个小时内被杀光。因此，上述三条法令对于治安较好的州来说已经足够了，可以视作女性法典的范本。

毕竟，我们最主要的安全保障，不靠立法，而靠女性自身的权益。虽然女性只要将身子往后一戳就能让人当场毙命，但除非能立刻从受害者尚在挣扎的身体中拔出来，否则她们自己的娇弱的身躯也会被震碎。

社会风气的力量也在帮助我们。我先前曾指出，在某些不那么文明的州，女性在公共场合站立必须左右晃动背部；而在文明程度较高的州，自有记忆以来，这一做法已被稍有教养的女性普遍奉行。立法机关竟然要把每一位体面的女性天生的本能当作法令强制执行，这被视为有辱斯文之举。圆形阶层的女性富有韵律地——如果我可以这样说——婀娜多姿地摆动背部被等边三角形群体的妻子艳羡与效仿，但她们只能像钟摆那般单调地晃动；而这个有规律的动作又受到积极上进的等腰三角形的妻子崇拜和模仿，对于后者来说，这还没有成为家庭生活中的必要举动。因此，在每一个有地位、体面的家庭中，“背部运动”无时无刻不在进行，这些家庭的丈夫和儿子至少不会遭到隐形的攻击。

你绝不能以为平面国的女性残忍无情。但不幸的是，弱势性别总是会激情作祟，全然不顾其他。当然，这是由她们不幸的身体构造导致的必然结果。因为她们根本没有角度，还不如最低贱的等腰三角形，所以丝毫没有头脑，无法进行反思、判断或预测，她们记性也不好。故而，当她们发怒时，什么都不记得，变得六亲不认。我知道有这么一个案例，一位女性杀害了她的全家，半个小时后，当她怒气平息之后，她完全不记得这件事，竟然问她的丈夫和孩子去哪里了。

显然，在女性转身的时候，绝不能激怒她。当你把她们关进房间里——房屋通常是为限制她们的杀伤力而修建的——你可以畅所欲言、为所欲为，因为她们根本没办法伤人，而且几分钟后就不记得此刻气得扬言要将你杀死的某件事情，也不记得你为了平息她们的怒气而不得不许下的种种承诺。

大体上说，除了底层的士兵阶层，我们这里的家庭关系还是比较和谐的。在士兵阶层的家里，由于丈夫既不机智，行事又欠考虑，时常发生一些难以形容的灾难。他们过分依赖自己的锐角这个咄咄逼人的武器，不懂得靠机智和哄骗来保护自己。这些莽夫往往忽略了专门限制女性的房间，而在室外胡言乱语激怒妻子，并且不肯妥协认错。此外，他们言辞生硬而古板，有一说一，不能像更为机智的圆形那样以花言巧语许下种种承诺安抚妻子，结果就是一场大屠杀。但这并非没有好处，因为消灭了等腰三角形中比较野蛮的麻烦分子。因此，许多圆形认为弱势性别的杀伤力是消灭多余人口、将革命扼杀于萌芽状态的一种手段。

然而，即使在最有礼貌、最接近圆形的多边形家庭里，我也不能说其理想的家庭生活能像你们空间国那般幸福美满。他们享有安宁，但那仅仅是没有杀戮的代名词，并不表示品位和追求臻于和谐。圆形阶层发挥谨小慎微的智慧，以牺牲家庭舒适的代价确保了人身安全。在每个圆形或多边形的家里，自古以来便有这么一个习俗——现在已经成为我们上等阶层中女性的一种本能——母亲和女儿应该一直让自己的眼睛和嘴巴朝向她们的丈夫及丈夫的男性朋友。对一个出身于名门望族的女性而言，背对丈夫会被视为悖逆之举，后果可能是失去地位。但我很快就会谈到，这一习俗虽能确保安全无虞，也带来了坏处。

在工人或体面的商人家里——妻子在做家务时可以背对丈夫——丈夫至少会有片刻安静的时光，除了持续不断的嗯嗯嗯的“安全警告”，丈夫的眼睛和耳朵都能落个清静。而上层阶级的家里总是不得安宁，妻子喋喋不休的嘴巴和明亮的眼睛一直朝着家里的男主人，就连光线也比不上女性的唠叨持久。虽然男主人的机智和技巧足以避免被女性刺中，却不足以让女性闭嘴。由于妻子说的都是废话，而且缺乏智慧、理智或觉悟，有些愤世嫉俗的人便声称宁愿冒险直面置人于死地的尖刺——起码不用忍受聒噪——也不愿为了安全，不得不面对唠叨。

对空间国的读者而言，平面国女性的处境似乎糟透了。事实也确实如此。哪怕最下等的等腰三角形男性也能期盼通过角度的改善，最终实现阶层跃迁。但女性完全没有这个希望。“一朝为妇，终身为妇”是自然的法则。进化论似乎在女性身上失效了，不能为她们造福。不过，至少我们欣赏一个睿智的安排：在这种作用下，由于女性没有希望，所以没有任何记忆，也没有对未来的期待，她们的种种悲惨与屈辱，既是存在的必然，也是平面国制度的基础。

## 五　我们辨认彼此的方法

你们多么幸福，有明暗之分；你们天生有双眼，懂得透视的原理，并能欣赏五颜六色的美景；你们能真的看见角度，在幸福的三维世界里凝视圆形的全貌——我应该怎么说，才能让你们明白在平面国的我们要辨认彼此的形状是极其困难的呢？

回忆一下我之前说过的话：平面国的一切，无论有无生命，无论是什么形状，呈现在我们眼中的样子都是相同的，或近乎相同，即只是一条线段。当所有人看上去一模一样时，该如何区分彼此呢？

答案有三个。第一个辨认方法是通过听觉。我们的听觉比你们的发达得多，不仅能让我们认出朋友的声音，还能区分不同的阶层，至少能够辨认等边三角形、正方形和五边形——至于等腰三角形，我根本不把他们考虑在内。但随着社会阶层的提高，通过听觉辨认出对方或被对方辨认出变得越来越难，一部分原因是声音变得趋同，另一部分原因是听声辨人是平民的本事，贵族阶层在这方面的能力并不突出。而且有冒声行骗的风险，我们就无法信任这种方式了。在最下等的社会阶层中，发声器官的发达程度更胜于听觉器官，因此，等腰三角形可以轻易地伪装成多边形的声音，稍加训练，甚至能假冒圆形的声音。因此，被普遍运用的是第二个方式。

触摸是女性与下等阶层——至于上等阶层的方式，我待会儿再说——辨认对方的主要手段，这么做不是为了辨别个人，而是为了区分阶层。因此，与空间国上等阶层的“介绍”一样，我们有“触摸”。“请允许我要求您触摸我的朋友某某先生，并被他触摸。”在我们平面国远离城镇的偏僻之地，这句话仍然是老派的绅士见面介绍时的客套话。但在城镇里，以及商人之间见面时，“并被他触摸”这句被省略了，缩减为“请允许我要求您触摸某某先生”。当然，大家的共识是相互“触摸”。而我们更时髦、更现代的年轻绅士——他们极其讨厌繁文缛节，根本无视母语的纯洁性——将客套话进一步缩减，“触摸”的意思就是“建议双方互相触摸”。如今，上等阶层接纳了这个不失礼貌又便捷的俚语：“史密斯先生，请允许我触摸琼斯先生。”

但是，希望读者不要以为我们的“触摸”像你们的介绍一样有着烦琐的流程，或以为我们必须触摸所有边，才能确定他所属的阶层。我们从上学时就开始学习，并在日常生活中不断体验，长期的实践与训练让我们能立刻通过触觉辨认出等边三角形、正方形和五边形。当然，毋庸赘言，哪怕最迟钝的触觉也能感知到等腰三角形愚蠢的顶角。因此，大体上说，只要轻轻触摸某人的一个角，就能确认这个人属于哪个阶层，除非他属于上流贵族阶层。因为很难以触摸的方式辨认上流贵族阶层。十边形和十二边形之间的区别，就连我们箭桥大学〈1〉的文科硕士也会混淆；而且在这所著名学府里，没有哪位理科博士敢说自己能毫不犹豫地立即分辨出贵族阶层中的二十边形与二十四边形。

如果读者还记得我之前提到的关于女性的法令，会立刻意识到，靠接触来介绍的过程务必小心谨慎，否则尖角可能会对冒失的触摸者造成无法修补的伤害。为了确保触摸者的安全，被触摸者应该站定并保持完全静止。猛然一动，或出于烦躁而挪动位置，是的，甚至一个猛烈的喷嚏，都会对触摸者造成致

〈1〉 原文中大学名为 Wentbridge，与空间国（即我们的世界）的 Cambridge（剑桥）相对，故翻译为箭桥大学。

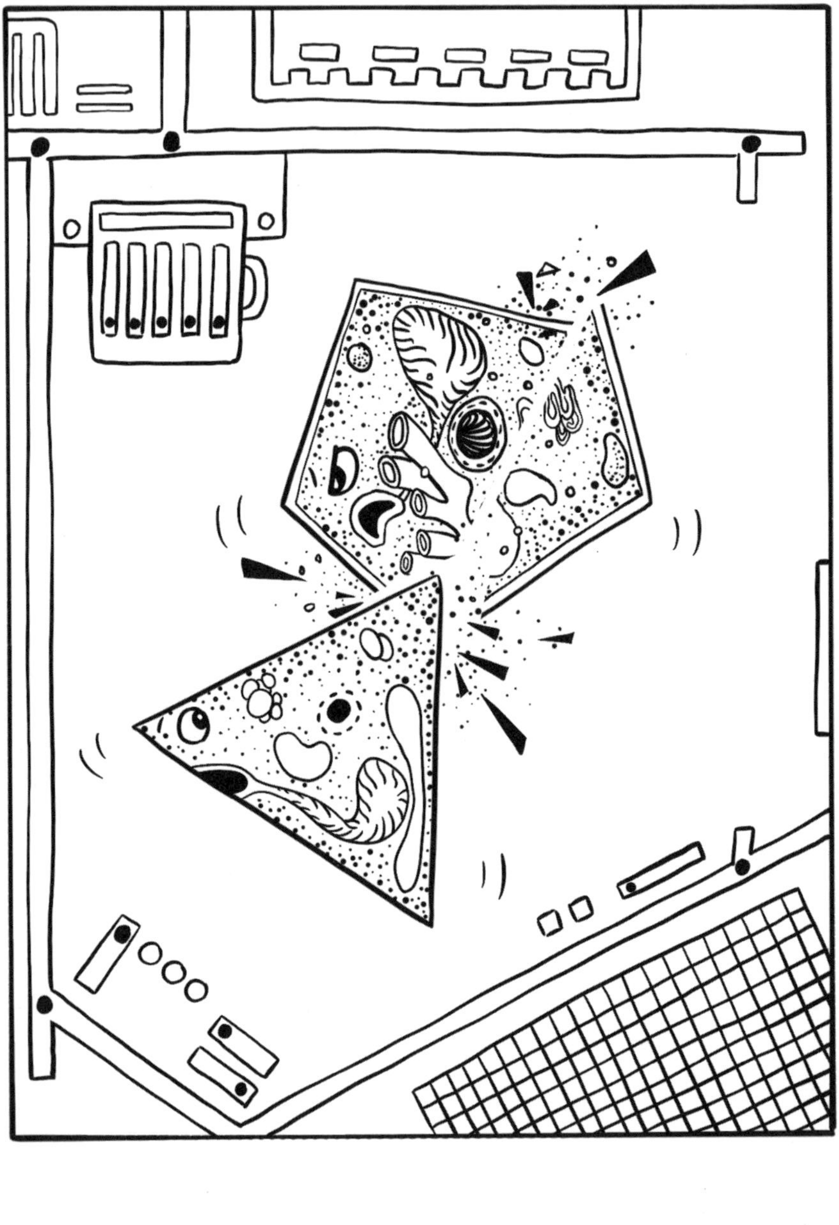

命伤害，将潜在的友谊扼杀在萌芽状态。这一情况在下等阶层的三角形中尤为普遍。他们的眼睛长在远离顶角的地方，根本不知道在身体的远端发生的事；而且他们性情粗鲁，对高贵的多边形的轻柔触摸反应迟钝。难怪他们只要脑袋不自觉地晃动一下，就有可能夺去这个国家的一条宝贵生命！

我听我杰出的祖父——他是不幸的等腰三角形阶层中形状最规则的成员之一，在去世前不久，卫生与社会委员会以四比三投票通过，认可他成为等边三角形阶层中的一员——总是眼中噙着泪花，哀叹着讲述这样的悲剧。这件事发生在他的曾曾曾祖父身上，那是一位可敬的工人，头部的角度达到了 59 度 30 分。据他所述，我那位不幸的祖先患了风湿，某次被一个多边形触摸时，突然动了一下，尖角意外地沿对角线刺穿了那位大人物的身体。因此，由于祖先遭受长期监禁和受尽凌辱，也由于所有亲人在道德上的强烈愧疚，我的家族在奋发上进的道路上遭遇了挫折，角度足足减少了一度半，下一代家族成员的脑袋只有 58 度。整整过了五代才得以恢复，并臻至完美的 60 度，最终实现从等腰三角形到等边三角形的跃升。这一系列灾难都源于触摸时一个小小的意外。

说到这里，我想我已经听见某些教育程度较高的读者在惊呼：“你们平面国的人怎么知道角和度数，甚至精确到分呢？我们能看见角，因为空间国里能看见两条线彼此交错；而你们每次只能看见一条线段，最多只能看到由几条线段构成的一条线段，是怎么辨识角的呢？更别说测量角的大小了！”

我的回答是：虽然我们看不见角，但可以推断出来，而且相当精准。我们的触觉迫于需要而形成，通过长期训练变得发达，让我们能在不借助量角器的情况下，比你们更加精准地靠视觉分辨角度。我还必须解释，我们有大自然相助。根据自然法则，等腰三角形的脑袋最开始是0.5度或者说30分，每一代增加半度（如果真的增加的话），直至达到60度，便摆脱了奴隶身份，成为自由人，进入等边三角形阶层。

因此，大自然为我们提供了一系列依次增加的各个角度的样本，以0.5度为差别，直至60度。这些样本遍布于平面国的每一所小学。由于偶尔会发生退化，道德与智力长期停滞，以及犯罪分子与流浪汉阶层惊人的繁衍能力，顶角为0.5度和1度的人太多了，10度以内的群体人数也不少。这些人被完全剥夺了公民的权利，其中许多人智商低下，甚至都不能投身战事，由政府安排服务于教育事业。他们被绑住手脚，动弹不得，以杜绝造成任何危害，然后被安置在幼儿园的教室里，被教育委员会当作教具，向中等阶层的后代传授这些可怜的家伙永远无法获得的知识与技能。

在某些州，这帮可怜虫能偶尔吃东西，苟延残喘地活上几年。但在气候较为温和并且治安更好的地区，人们发现，不给他们吃东西并每个月更换新的样本，从长远来看，更有利于教育——犯罪分子在不吃东西的情况下，平均只能活一个月。在学费低廉的学校里，样本活得越久反而越得不偿失：一方面是伙食的开销；另一方面是经过几个星期的不断“触摸”后，角度由于磨损而变钝。另外，我们绝不能忘记，在列举了耗资巨大的系统种种好处之余，还对减少等腰三角形冗余人口起到了虽然微小但仍有意义的作用——而这是平面国每一位政治家时刻关注的目标。因此，大体上说——虽然我知道许多由民主推举的学校理事会更青睐所谓的“廉价系统”——这才是把钱花到刀刃上的诸多情况之一。

我不能让关于学校理事会的政治问题使我偏离主题。我相信我已经做了充分的解释，表明通过触摸进行辨识并非如你所想的那样耗时良久并难以判断，而且这种方式显然比通过听觉进行辨识更加可靠。然而，正如前面所指出的，由于这种方式存在危险，因此遭到反对。基于这个原因，许多中下等阶层，以及所有的多边形和圆形，无一例外地倾向于第三种方式，我将留待下一节进行阐述。

# 六　通过视觉进行辨认

接下来这些内容或许会让人觉得我有些自相矛盾。在前面的章节里我曾说过，平面国的所有形状看上去都是一条线段。我还补充或暗示说，因此不可能通过视觉来区分不同阶层的个体。而现在，我却要向空间国的批评家解释我们如何通过视觉辨认他人。

然而，如果读者肯费心查阅之前的章节，就会发现在提到通过触摸进行辨认是普遍现象时，有一个限定——只是下等阶层的做法。只有在气候较为温和的地区和上等阶层，才会采用视觉辨认这一做法。

这种能力存在于任何地区而且适用于任何阶层，是因为雾的出现。除了热带地区，其他地方一年之中大部分时间里都会起雾。在你们空间国，雾是纯粹的坏东西，让风景变得模糊，令人精神沮丧，还损害健康。但对于我们而言，雾是天赐的福祉，几乎不亚于空气，而且是艺术之父与科学之母。但是，请允许我暂且不再讴歌这个造福世界的元素，先解释一下原因。

如果没有雾的存在，所有的线条都会显得同样清晰，根本无从辨认。在那些不幸的地区，空气十分干燥、透明，情况正是这样。但只要大雾弥漫，远处的物体，譬如在 3 英尺之外，看上去就会比距离 2 英尺 11 英寸的物体稍显模糊。结果就是，通过持续不断地仔细观察，并对比明暗度与清晰度，我们能够非常精确地推断出观察物体的形状。

我举一个例子，比起泛泛而谈，能更清楚地解释我的意思。

假设看到两个人正向我走近，我想确认他们的阶层。再假设他们当中一位是商人，另一位是医生，换句话说，一个是等边三角形，一个是五边形，我如何区分他们呢？

对空间国任何一个稍有几何知识的孩子来说，都能清楚地知道，如果我的视线正好将迎面而来的陌生人的角（A）平分成两半，那么我的视线将会平均落在相邻的两条边上（即 CA 与 AB），因此我会不偏不倚地同时看着这两条边，并且它们在我眼中长度相同。

现在，如果是第一种情况，对方是商人（1），我会看见什么呢？我会看见一条线段 DAE，中点（A）非常亮，因为这个点离我最近；线的两端会迅速变暗，因为 AC 与 AB 两条边迅速消失在雾中，在我眼中，商人的两端，即 D 与 E，会非常暗。

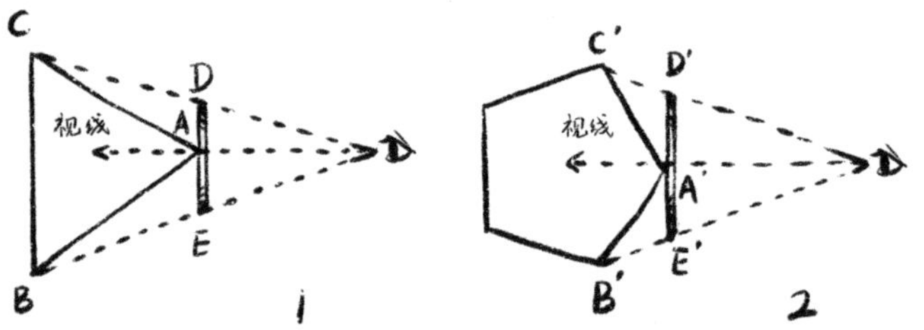


另一方面，如果是第二种情况，对方是医生（2），虽然我也会看到一条线段（D'A'E'），也有明亮的中点（A'），但两端不会那么迅速地变暗，因为两条边（A'C' 与 A'B'）在雾中消失的速度没有那么迅速。在我眼中，医生的两端，即 D' 与 E'，不像商人的两端那么暗。

通过这两个例子，读者或许会明白——经过漫长的训练，再加上不断的实践——平面国里受过良好教育的阶层是如何通过视觉相当精确地区分中等阶层和下等阶层的。如果空间国的读者理解了这个基本概念，认为这确实可行，不觉得我的讲述是无稽之谈，那我这个不算太过分的目的就达到了。要是我尝试补充更多的细节，只会让大家感到更困惑。但是，为了防止缺乏经验的年轻人或许会胡乱揣测——我就是通过这两个例子里提出的方法区分我的父亲与我的儿子的——以为通过视觉进行辨认是轻而易举的事情，我需要指出，在现实生活中，视觉辨认遇到的大多数问题都要更加微妙、复杂。

比如，我的父亲（一个三角形）走近我时，对着我的碰巧是他的侧边，而不是他的角，那么除非我请他转身，或直到我的视线绕到他的另一边，否则我会以为他是一条线段，换句话说，以为他是一个女人。又如，我有两个六边形孙子，当我与其中一个共处时，想象一下，他的一条边（AB）正对着我，正如图所示，显然我会看到相当明亮的一条边（AB）——其末端几乎没有变暗，而另两条较短的线段（CA 与 BD）则较暗，而且越靠近末端（C 和 D）越暗。

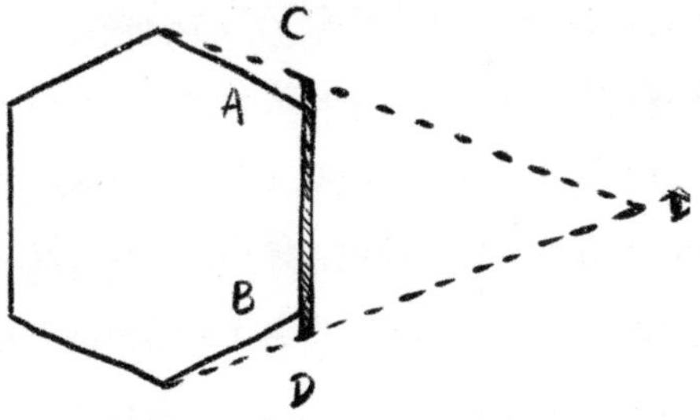


但我不能在这些问题上过多讨论。当我说这些受过良好教育的人在生活中会遇到诸多难题时，哪怕是空间国最苛刻的数

学家，也会立刻相信我的看法。譬如说，当置身于舞厅或会议室，他们必须一边移动——旋转、前进或后退，一边凭借视觉辨认几个朝着不同方向移动的上等阶层的多边形。对最聪明的人而言，这也一定是重大考验，并充分表明为什么箭桥大学这座著名高等学府要广聘学识渊博的静力几何学与动力几何学教授，定期向大量的国家精英传授视觉辨认的科学原理与技艺。

只有出身于最高贵、最富有的贵族之家，方能付出必要的时间与金钱去追求掌握这门高贵而极富意义的技艺。即便对于我，一名算得上有点地位的数学家，并且有两个前途无量的完美正六边形孙子，置身于一群不停转动的上等阶层的多边形中间时，也偶尔会感到晕头转向。当然，对于一个普通的商人或农奴而言，这种情形几乎无法理解。如果你——我的读者——突然来到平面国，同样也会感到茫然无措。

在这群人中，你只能看见身边全是笔直的线段，但明暗程度不一，毫无规律可言。即使修完大学三年关于五边形与六边形的课程，并充分掌握其理论，你仍会发现需要经过许多年的实践，才能在这里行走自如，不至于撞到身份更高贵的人。和这些人打交道，请求触摸是无礼之举，而且他们的出身与文化水平更加优越，对你的行动了如指掌，而你对他们却知之甚少，甚至一无所知。总而言之，一个人要在多边形的世界里行动自如，他自己必须是一个多边形。至少这是我自己的惨痛教训。

令人惊讶的是，视觉辨认这门技艺——我甚至可以称之为本能——可以通过持之以恒的练习并避免触摸别人得到提高。就像你们的聋哑人一样，如果被允许打手势和用手语，将永远无法掌握更困难但更有用的唇语和读唇的技艺，这种情况也适用于我们的“观察”与“触摸”。从小就依靠“触摸”去感知的人，永远没办法学会“观察”。

因此，在我们的上等阶层中，“触摸”不被提倡，甚至被完全禁止。他们的孩子从小就不在公立小学就读（那里传授的是触摸辨认的技艺），而是被送到只招贵族的高级神学院。在我们的著名学府里，“触摸”被视为最严重的过错，初犯会遭到停课，再犯则会被开除。

但在下等阶层中，视觉辨认的技艺被视为无法企及的奢侈品。一个普通商人没办法让自己的儿子将生命中三分之一的时间花在抽象知识的学习上。因此，穷人的孩子从小就被允许“触摸”，因而变得早熟而活泼。刚开始时，与慵懒惰怠、发育未全、无精打采、学业未成的多边形阶层的孩子相比，他们占尽了优势。但是当后者终于完成大学的学业，做好将理论付诸实践的准备时，他们的改变之大简直就像获得重生。在艺术、科学和社交的方方面面，他们迅速赶上并超越三角形的竞争者，并将之远远抛离。

只有少数多边形阶层的成员不能通过大学的毕业测验或结业考试。这一小群未能获得成功的人的境况十分可怜。他们不仅被上等阶层嫌弃，还遭到下等阶层的鄙夷。他们既没有多边形的学士和硕士那种经过系统培训的娴熟能力，又没有年轻商人那种与生俱来的早慧和机灵。他们没办法跻身于专业人士或公务员群体之中，虽然在大部分州，他们并没有被勒令不能结婚，但很难找到合适的对象，因为经验表明，这些背负悲惨命运的不幸之人的后代，即使不沦为畸形，大多也会遭遇厄运。

正是从这些被贵族阶层抛弃的人之中，产生了过去几次大规模动乱与造反的领袖。由于带来的灾难过于巨大，在思想较为激进的政治家看来，将这些人统统消灭才是真正仁慈的做法。他们希望立法规定所有未能通过大学毕业最终测验的人，要么被终身监禁，要么以安乐死的方式被消灭。

可是，我发现我又偏离了主题，谈到不规则形状，而这个话题是如此重要，必须用专门的章节进行探讨。

# 七　不规则形状

在之前的章节里，我一直假定——或许从一开始我就应该明确地定下一个基本原则——平面国里的每个人都是规则形状，即外形是规则的。我的意思是，女性不仅是一条线段，而且肯定是直的；工人或士兵一定有两条等长的边；商人一定有三条等边；律师（我是这个阶层普通的一员）有四条等边；通常每个多边形的所有边都是等长的。

当然，边长取决于个体的年龄。女性出生时的长度大约是一英寸，而一个高挑的成年女性或许可达一英尺。至于各个阶层的男性，或许大致规律如下：一个成年男性的边长总和是两英尺或稍长一些。不过，边长并非讨论的重点。我要讨论的是边长是否相等，而且无须大费周章便能看出平面国全部社会生活的基础，即大自然希望所有形状都应该是等边的。

如果我们的边长不相等，那么角度就不相等。这样触摸或观察单独的一个角不足以确定某一个人的身份，而必须触摸每一个角方能肯定。但是生命如此短暂，不能这么琐碎无谓地折腾。视觉辨认的科学与技艺将立刻消亡，而触摸作为一门技艺，也不会长久存在；人与人的交流将变得危险重重，甚至不可能进行；所有的信心，所有的预判，都将化为乌有，哪怕最简单的社交行为也会变得不安全。一言以蔽之，文明将会倒退，沦为野蛮。

我是否太快把读者引到这些明显的结论上了呢？当然，只要片刻的思考，看看日常生活中的一个例子，就能让大家相信我们的社会体系是建立于规则形状或角度相等之上的。譬如说，你在街上遇到两三个商人，只要瞥一眼他们的角和迅速变暗的边，就能认出他们的身份。于是，你请他们回家吃午饭。你做出这个举动时满怀信心，因为每个人都大致了解一个成年三角形会占据多少地方。但想象一下，这个商人在规则、体面的顶角后面，竟然是一个对角线长达十二三英寸的平行四边形——这么一头怪物卡在门口，你该怎么办呢？

但是，对于享有空间国居住特权的读者来说，我说的只是每个人都已熟知的细节，这简直是在侮辱他们的智商。显然，在如此可怕的情况下，单去测量一个角已经不够，人们的一生恐将被耗费在触摸或看遍熟人的每一条边上。要在人群中避免碰撞非常困难，足以让一个受过良好教育的正方形殚精竭虑。如果无法确定其他人的形状是否规则，一切都将陷入混乱与动荡，最轻微的恐慌也会引起严重的伤害——如果刚好有女性或士兵在场——甚至会造成死亡。

因此，具有规则的形状不仅符合自然法则，而且能造福社会，还得到了法律的支持。“形状不规则”对我们来说，就如同你们那里道德沦丧、罪大恶极的妄人，会受到相应的惩罚。确实，不乏有一些诡辩者声称不规则形状与道德沦丧并没有必然的联系。“不规则的形状，”他们说，“从出生起，就被父母排斥，被兄弟姐妹嘲笑，被邻里忽视，被社会鄙视和猜疑，不能从事任何职业，得不到任何信任，不能参加任何对社会有用的活动。他的一举一动都被警察密切监视，直到长大成人并接受检查。然后，他一旦被发现超出了规定的变异范围，就会被消灭，或被困在政府办公室里，充当一个七等文员，不能结婚，只能从事一份无趣的工作，领取微薄的薪水，吃住都在办公室里，就连休假也受到严密监视。即使最美好、最纯洁的心灵，也会被这种环境荼毒和扭曲！”

这番似是而非的论述并不能令我信服，也未能令我们最智慧的政治家判定祖先制订的“容忍不规则形状将会危及社会安全”的政策是错误的。无疑，不规则形状的生活很艰难，但为了大多数人的利益，这是应该的。如果一个正面是三角形、背面是多边形的人，获准存活在这个世界上，还能繁衍更多不规则形状的后代，那么生活将会变成什么样子？平面国的房屋、门户和教堂都得改动以接纳这帮怪物吗？我们的检票员得在每个人进剧院或参加讲座之前触摸每个人的所有边吗？不规则形状是否可以免服兵役？如果不行，如何防止他对战友造成伤亡呢？还有，对于这种生物而言，冒名行骗的诱惑实在难以抵挡！他会先以多边形的正面形象走进一家商店，向一个满怀信任的生意人骗取大批货物，这将是多么轻而易举的事情！让那些伪善的呼吁者去争取废除针对不规则形状的刑法吧，我自己从未见过哪个不规则形状能违背大自然的意旨——他们只会是奸诈之徒、反人类分子，不遗余力地犯下种种恶行。

但我并非想推荐（现在不会）某些州采取的极端措施，在那里，一个婴儿出生后，如果角稍有半度偏差，就会被处死。我们当中某些最高贵、最能干的真正的天才，在刚出生时也曾有过多达甚至超过45分的角度偏差，剥夺他们的宝贵生命无疑会给国家造成无法弥补的损失。医疗技术已经取得了辉煌的成就，通过压缩、拉伸、钻孔、拼合和其他外科手术或饮食疗法，不规则形状能得以完全或部分治愈。因此，我支持一种折中的方法，不设固定的或绝对的角度。但是，当他们逐渐成形时，若医疗委员会的报告说不可能治愈，我会建议将不规则形状以安乐死的手段人道毁灭。

## 八　古代的绘色实践

如果读者专注地读到这里，对平面国的生活比较枯燥乏味的说法，并不会感到惊讶。当然，我并不是说这里没有战争、阴谋、动乱、派系斗争等让历史充满趣味的现象。我也不会否认，生活的问题与数学的问题奇怪地纠缠在一起，不断引发猜想，并能立刻验证，为我们的生活增添了一种空间国的居民难以理解的热情。我说平面国的生活枯燥乏味，是从审美与艺术的角度出发的。事实的确如此，无论是审美意义上还是艺术意义上，实在是太枯燥乏味了。

当一个人眼中所见，当所有的风景、史迹、肖像、花朵、静物都只是一条线段，除了明暗程度不同，毫无区别时，情况还能怎么样呢？

但情况并非总是如此。如果传说可信的话，色彩曾经在六个世纪或更长的时间里，为我们远古时代的祖先的生活平添过短暂的绚丽。某人——有一个五边形的名字总是被提起——偶然间发现了简单的颜色构成和粗陋的绘画方法，据说他先是将房子涂上颜色，接着是奴隶，然后是父亲与儿孙，最后是自己。这么做不仅美观，而且带来便利，令众人啧啧赞叹。无论身在何处，当克洛玛蒂斯[1]——最值得信任的权威专家们一致认定他叫这个名字——转动自己五彩缤纷的身体时，立刻吸引了众人的注意并赢得了尊重。现在，没有人需要“触摸”他，没有人分不清他的正面与背面，邻近的人能轻松地确认他的一举一动，根本不用费心琢磨，也没有人会撞上他或未能及时给他让路。我们这些没有颜色的四边形和五边形行走在一群愚钝的等腰三角形中间时，总是不得不声嘶力竭地呐喊以表明身份，而他一句话也不用说。

这个时髦的做法就像野火一般蔓延。不到一周的时间，这个地区的每一个正方形和三角形都开始效仿克洛玛蒂斯的做法，只有少数作风比较保守的五边形仍然保持原样。一两个月后，

〈1〉 克洛玛蒂斯（Chromatistes）这个名字源于英语单词 chroma（色品、色度之意）。

就连十二边形也被这个创举感染了。不到一年的工夫，除了最高阶层的贵族，此举已经被所有人接受。毋庸赘言，这个做法很快从克洛玛蒂斯所在的地区向周边蔓延。在不到两代人的时间里，除了女性与教士，整个平面国全都涂上了颜色。

大自然似乎在此布下了屏障，不让这两个阶层被这个创举影响。拥有多条边，是对参与者最基础的要求。“边数有别，则颜色也应有别，这是自然的安排。”这就是当时被口口相传的诡辩，一时间，所有的城镇都转而接受了这种新的文化。但显然，这个道理并不适用于我们的教士和女性。后者只有一条边，因此——深究起来——她们并不是多边形。而前者——至少他们声称自己是真正的圆形，并不是由无数极短的边构成的高级多边形——总是夸耀（而女性则是坦白和哀叹）自己不是多边形，蒙受上苍祝福，拥有由一条线构成的周长或圆周。因此，这两个阶层都不受“边数有别，则颜色也应有别”那句所谓的公理约束。当其他人都沉迷于装饰身体的魅力时，只有教士和女性仍然保持纯洁，没有被颜色污染。

道德沦丧、放浪形骸、无政府主义、反对科学——随你以任何名义斥骂他们，但从美学角度来看，历史上那段颜色浪潮岁月是平面国艺术的早期光辉时期。唉，这个童年未能成熟，迈入成年，甚至未能进入绽放花蕊的青春期。那时活着本身就是喜悦，因为只要活着就意味着能够观赏。哪怕只是在一场小型派对上，在座宾客也令人感到赏心悦目。据说在教堂或剧院里，台下五彩缤纷的颜色不止一次让最了不起的导师与演员分心走神。但最令人陶醉的，据说是无法用语言形容的盛大的阅兵场面。

由两万个等腰三角形组成的方阵突然转身，原本漆黑的底边突然变为由橙色与紫色的两条侧边构成的锋利的顶角；由等边三角形组成的民兵团呈现红、白、蓝三色；涂着淡紫、海蓝、橙黄和深褐四种颜色的正方形炮兵围绕着朱红色的大炮快速旋转；五色的五边形与六色的六边形的医生、几何学家和副官绚丽地走过阅兵场——这一切或许可以佐证那个著名的故事：声威赫赫的圆形国王被自己指挥的军队充满艺术性的美丽画面深深感动，将权杖与皇冠丢到一旁，声称要用它们与画家交换画笔。那个时期的感官艺术是多么发达辉煌，从当时的语言和文字可窥一斑。在颜色浪潮的年代，最平凡的市民所说的最平凡的话语，也似乎蕴含着丰富的语言和思想特色。甚至到了现在，在我们最美妙的诗歌和更符合现代科学的表述方式中残留的韵律感，都源自那个时代。

# 九　全民颜色法案

与此同时，知识的技艺却在迅速衰退。

既然视觉辨认的技艺不再被需要，因此再也没有人练习。几何学、静力学、动力学与其他相关学科，被认为是多余的。即使在大学里，这些科目也不受重视，无人问津。更低级的触摸辨认的技艺在小学里立刻遭受了同样的命运。然后，等腰三角形阶层声称再也不需要使用教学样本了，因而拒绝依照惯例把犯罪分子交给教育部门——这个惯例原本驯服了他们粗暴的性情，同时清除了他们过剩的人口，可谓一举两得。没有了这个负担，等腰三角形阶层的人数日益增多，越来越傲慢无礼。

年复一年，士兵与工人的态度变得越来越嚣张，他们开始宣称——这越来越符合事实——自己与最高贵的多边形其实并没有什么区别，现在足以与后者平起平坐。通过简单的颜色识别，生活中无论是静力学还是动力学的所有难题都能得以解决。他们不满足于视觉辨认的自然衰落，放肆地要求立法禁止“被贵族垄断的技艺”，并停止为视觉辨认、数学和触摸感知的研究提供经费。很快，他们开始坚称颜色是第二天性，认为阶层划分不再有必要，法律应该做相应的调整，所有人和所有阶层一律平等，并享有相同的权利。

革命领导者发现当权者立场不定，犹豫不决，便得寸进尺，最后竟然要求包括教士与女性在内的所有阶层，都应该奉颜色为尊，被涂上颜色。当有人反对，说教士与女性只有一条边时，他们辩称每个人的前半部分（即眼睛和嘴巴所在的那部分）应该与后半部分区分开来，这既符合自然法则，也出于便利。因此，他们在平面国所有州都参加的特别国民大会上提出一项法案，要求将每个女人的眼睛和嘴巴所在的那半边涂成红色，另外半边涂成绿色。教士也应该依照同样的方式被涂上颜色，以眼睛和嘴巴为中点的半圈被涂成红色，另外半圆，也就是身体的后部，被涂成绿色。

这项提案可谓老谋深算，实际上并非出自等腰三角形——像他们那么下等的人没有足够的理解能力，更别说设计这样的治国艺术了——而是由一个不规则的圆形策划的，他在童年时没有被人道毁灭，愚昧地包容的后果就是他给国家带来了深重的灾难，令无数他的追随者走向毁灭。

这项提案一方面想将各个阶层的女性拉拢到颜色浪潮的阵营。因为通过赋予女性与教士两种相同的颜色，革命者确保每个女性在某个角度看起来与教士一样，并得到相同的尊重——这是令绝大部分女性无法抗拒的诱惑。

但可能有的读者并不理解，为什么在新的法案下，教士和女性会有一样的外表。或许我应该稍做解释，把事情说清楚。

想象一下，一个女性按照新的法案做了精心打扮，前半部分是红色，后半部分是绿色。从侧边看，显然你会看见一条线段，一半绿一半红。

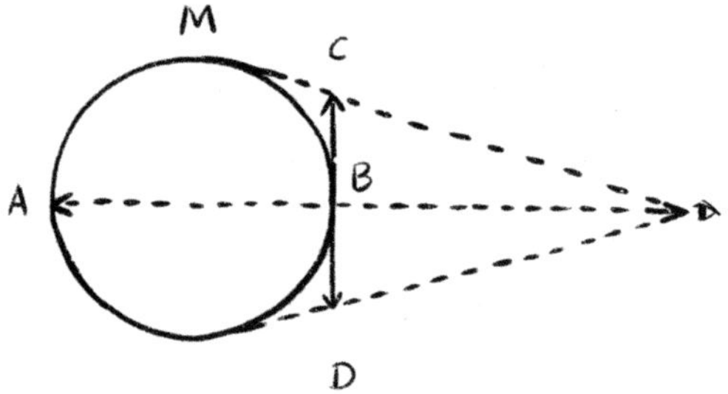


现在想象有一个教士，以 M 表示他的嘴巴，前半圈（AMB）被涂成红色，而后半圈被涂成绿色，直径 AB 将它平分成红绿两个半圆。如果你沿着直径（AB）看这个伟人，你会看见一条

线段（CBD），其中一半（CB）是红色，另外一半（BD）是绿色。整条线段（CD）或许会比成年女性的尺寸短一些，并且向两侧更迅速地变暗。但是，你的直接印象是颜色所代表的阶级身份，这使你忽略了其他细节。你要记住，在颜色浪潮时期，视觉辨认的衰退已经威胁到了整个社会，而且可以肯定的是，女性将很快学会让自己的两端变暗以模仿圆形的伎俩。因此，我亲爱的读者，现在你们肯定会明白，颜色法案将令我们无法区分教士与女性，从而身陷险境。

不难想象，这个前景对处于弱势地位的女性有多么大的吸引力。她们欣然期待将会发生的混乱场面。在家里，她们或许会听到原本只有丈夫与兄弟才能知悉的政治与教会的秘密，甚至可能冒充圆形教士下达命令；在外面，她们身着显眼的红绿二色，没有其他颜色掺杂在内，肯定会让平民百姓做出错误判断，得到了路人的尊敬，而这正是圆形失去的。如果女性轻佻不当的举动被误以为是圆形阶层所为，因而丑闻缠身，将会颠覆平面国的社会结构。你不能指望女性考虑这些，就连圆形家庭的女性也衷心拥护全民颜色法案。

法案的第二个目标是逐步让圆形道德沦丧。在智力普遍衰退的情况下，他们仍然保持着清晰的头脑和强大的理解力。从孩提时起，圆形阶层就熟悉了完全没有颜色的家庭环境，只有他们还掌握着视觉辨认这门神圣的技艺，以及从令人钦佩的刻苦训练中获得的智力优势。因此，全民颜色法案颁布之时，圆形不仅保持着原有的地位，而且因为不随波逐流，其统治地位也变得更加稳固。

因此，我之前提到的那个狡诈的不规则的圆形，即这个恶毒法案的始作俑者，决心一举瓦解贵族阶层，迫使他们被颜色污染。同时，让他们不能继续住在无色的家里，剥夺其在家里训练视觉辨认这门技艺的机会，从而削弱他们的智力。一旦被颜色污染，每一个圆形，无论父母还是子女，都会堕落。仅仅区分父母，就会让孩子遇到难题——如果母亲总在冒充圆形，会导致孩子丧失对逻辑推理的信心。如此一来，教士阶层智力上的光环会逐渐暗淡，贵族掌握立法权力的局面将被彻底改变，颠覆特权阶级的道路将畅通无阻。

# 十　镇压颜色动乱

全民颜色法案引起的动荡持续了三年，无政府主义者似乎注定会取得胜利，直到最后一刻。

由多边形组成的军队在出征过程中，被更强大的等腰三角形彻底消灭——与此同时，正方形与五边形则保持中立。更糟糕的是，一些最有能力的圆形沦为了家庭暴力的牺牲品。许多贵族家庭的妻子受到政敌的煽动，对丈夫死缠硬磨，要他们不再反对颜色法案；有的妻子发现自己的恳求完全无效，转而对无辜的子女和丈夫痛下杀手，自己也随之丧命。据记载，在持续了三年的动荡中，至少有二十三个圆形死于家庭纠纷。

情况确实非常危急。教士似乎别无选择，要么臣服，要么毁灭。可是，突然发生了一件离奇的事，导致事态被彻底扭转。

这类会对民意产生不可思议的影响的事件，绝不会被政治家忽视，而且通常会有所预见，有时还会主动促成。

恰好有一个卑微的等腰三角形，顶角最多只有 4 度，在抢劫某个商人的店铺时，莫名其妙地染上了十二边形的十二种颜色——至于是他自己涂上的，还是让别人涂上的，则众说纷纭。他走进市集，以伪装的声音与一位多边形贵族的孤女搭讪。之前他曾追求过这个姑娘，但没有成功。通过一系列哄骗，一方面是因为期间发生了许多巧合（长话短说，恕不赘述），另一方面是因为这个姑娘的亲人糊里糊涂，缺少最基本的警惕——他成功地与姑娘结了婚。这位不幸的姑娘发现自己受骗后，在羞愤之下自杀了。

当这桩悲剧传遍各州，女性的心中充满了怒火。她们同情可怜的受害者，害怕自己、姐妹或女儿也可能遭到类似的欺骗，这让她们对颜色法案有了全新的看法。公开宣布自己转为反对法案的女性不在少数，其他人只需稍加煽动，也会站在相同的立场上。圆形阶层抓住这个有利时机，立刻召开了特别国民大会，除了像平时一样安排囚犯充当卫兵，还让大量保守派的女性出席。

这是一场史无前例的大会，当时的圆形首领——名叫潘托塞克鲁斯[1]——站起身时，发现遭到十二万个等腰三角形嘲笑的嘘声。但当他宣布圆形阶层将顺应民意，做出让步，接受颜色法案时，会场立刻安静了下来。喧哗声变成了掌声。他邀请造反派的领袖克洛玛蒂斯走到大厅中央，请他代表整个革命派接受圆形阶层的投降。随后，他发表了一番演讲，几乎讲了整整一天，堪称雄辩的杰作，任何概括都无法还原它的精彩。

潘托塞克鲁斯庄严而公正地宣布，他们现在终于下定决心实施改革或创新，希望对整个事件做最后的回顾，既褒扬优点，也检讨缺点。他渐渐谈到法案对商人、专业人士和绅士的威胁。等腰三角形开始窃窃私语，可他说尽管法案有种种缺点，不过只要多数人表示赞同，他也愿意接受，以此平息不满的声音。显然，除了等腰三角形，其他人都被他的发言打动了，要么保持中立，要么反对法案。

然后，他将话题转到了工人身上，声称他们的利益绝不能被漠视，如果他们准备接受颜色法案，那么至少应该全面了解事件的后果。他说，许多人即将被接纳进入等边三角形阶层，其他人可以期盼自己的孩子得到这项自己无望获得的殊荣。这

〈1〉 潘托塞克鲁斯（Pantocyclus）这个名字可以拆分为“panto”（全部、所有）与“cyclus”（圆形）两部分。

个崇高的理想如今不得不被牺牲。所有人都被涂上颜色之后，区别将不复存在，规则形状与不规则形状将难以区分，发展将被退步取代。几代以后，工人将沦为士兵，甚至罪犯。政治权力将掌握在最大多数人，也就是罪犯阶层手中。罪犯阶层的人数已经超过工人阶层，当自然的补偿法则遭到破坏后，他们的人数会很快超过其他阶层的总和。

工人阶层传出微弱的赞同声，克洛玛蒂斯有所警觉，试图上前和他们说话。但是，他发现自己被守卫团团包围，不得不保持沉默，而圆形首领正慷慨激昂地向女性做最后的呼吁，声称如果颜色法案通过，婚姻将不再安全，女性的荣誉也难以保证，诈骗、欺瞒、虚伪将传遍每一户人家，家庭的幸福将和宪法的命运一样，迅速沦亡。“比这更快来临的，”他大声疾呼，“是死亡。”

这句话是事先约定好的行动信号，话音刚落，一群等腰三角形囚犯便扑上前去，刺死了可怜的克洛玛蒂斯。等边阶层敞开队列，为一队女性让路，她们在圆形首领的指挥下，倒退着向前，无影无踪而又准确无误地刺中毫无防备的士兵。工人也效仿敞开队列。与此同时，几队囚犯占据了各个出口，布下坚不可摧的罗网。

与其说这是一场战斗，毋宁说是一场屠杀，动乱很快便结束了。在圆形首领高明的指挥下，几乎每一位女性的进攻都足以致命，绝大多数人安然无事地拔出尖刺，准备好进行第二次屠杀。但并不需要第二次进攻，那帮等腰三角形已经开始自相残杀。等腰三角形措手不及，失去了领袖，前方有隐形的敌人在进攻，后路又被切断，立刻像过去一样丧失了理智，口中嘶吼着“叛徒”。这就是他们的下场。现在，每一个等腰三角形都互相仇视，半个小时之内，原本数目庞大的队伍无一幸存，十二万被彼此的尖角扎死的犯罪分子的尸体，让一切又回到有序的状态。

圆形阶层毫不迟疑地将胜利推向极致。他们赦免了劳工阶层，但其人数已经大大减少。等边三角形的民兵立刻被召集起来，每一个可能不规则的三角形都被军事法庭处死，而无须经过卫生与社会委员会正式的精密测量。在接下来的一年里，军人与工人阶层的家庭多次遭到搜查。那段时间，每一座村庄与乡镇都遭到系统地清洗，大量的下等阶层被消灭——他们之所以出生，是因为未向小学和大学输送样本和破坏了平面国人口构成的自然规律。就这样，阶级平衡再度恢复。

不用说，颜色自此遭到禁用，拥有颜料也是违禁行为。除了圆形和有资质的科学教师，任何人哪怕只是说出与颜色有关的词语也会遭到严惩。只有在大学，在最高深的课堂上——我自己从来没有资格参加——才可以使用少量颜色去解释深层次的数学问题。但关于这些内容，我只是道听途说而已。

在平面国其他地方，颜色已经不复存在。据说只有一个人懂得如何制造颜料，他就是现任的圆形首领。他只会在临终前将配方交给继任者。只有一家工厂有资格生产颜料，而且为了防止泄密，工人在生产后会被处死，换上一批新人。甚至到了今天，当我们的贵族回首那场久远的全民颜色法案引发的动乱时，仍然胆战心惊。

# 十一　我们的教士

我即将结束对平面国零散的介绍，进入到本书的核心——对空间奥秘的探索。这才是我的主题，之前的所有内容都只是铺垫。

因此，我不得不省略许多我认为读者应该会感兴趣的内容。譬如说，我们没有脚，该如何前进与停止？我们没有手，不能像你们那样铺设地基，也没办法利用泥土的侧向压力，该如何将木材、石头或砖块固定？雨水如何在不同地区之间的固定间隔降落，以不让北方挡住南方的雨水？我们的山川与矿藏，我们的树木与蔬菜，我们的季节与收获，我们写在线格本子上的字母表与书写方式……这些以及其他一百多项关于我们的生存状况的细节，我都只能略过不提。我现在说起这些，只是想向读者表明，省略这些内容不是因为作者健忘，而是不想浪费读者的宝贵时间。

但在进入正题之前，我的读者无疑希望我对平面国的中流砥柱——我们的行为控制者，我们的命运塑造者，所有人尊敬乃至崇拜的对象——做最后的解释。我还有必要说出，那就是我们的圆形或教士吗？

当我称呼他们为教士，请不要以为这个词语对我的含义与对你们的含义是一样的。对我们而言，教士是所有商业、艺术与科学的管理者，是贸易、商务、军事、建筑、工程、教育、政治、法律、道德、神学的指导者。他们并不会自己动手做事，而是一切事业的施令者，由别人去执行。

虽然每一个被称为圆形的人都被认为是圆形，但受过较好教育的人都知道，没有人是真正的圆形，只是由无数极其细小的边构成的多边形。边数越多，一个多边形就越接近于圆形。当边数非常多的时候，譬如说，达到三四百条时，哪怕是最敏感的人，也无法触摸到他们的角度。让我说得更确切一些，之所以很难触摸到，是因为如我前面所说的，上流社会的人并不懂得通过触摸去辨识，而且触摸一个圆形被认为是最放肆的侮辱。由于上流社会放弃了触摸这一做法，圆形得以更轻松地保持神秘面目，从孩提时期就习惯于隐瞒自己的周长或圆周的真实情况。三英尺是平均的圆周长度，因此，一个有三百条边的多边形，每条边的长度不到百分之一英尺，或只比十分之一英寸稍长。而一个有六七百条边的多边形，边长比空间国的针眼的直径长不了多少。基于礼貌，大家公认现任的圆形首领是万边形。

自然法则规定下等的等边形阶层每代人只增加一条边。与他们不同的是，圆形的后代社会地位的晋升没有这种限制。否则，圆形的边数就只是血统与算术的问题，一个等边三角形的第四百九十七代后裔必定会是有五百条边的多边形。但事实并非如此。自然有着两条对立的法则影响着圆形的繁衍。首先，社会阶层越高，其进化的速度也会越快；其次，社会阶层越高，会遭遇相应的难孕的问题。因此，四五百边形的家庭要生下一个儿子极其困难，有两个儿子是前所未闻的稀罕事。另外，五百边形生下的儿子可能会是五百五十边形甚至是六百边形。

医疗技术也在进化的过程中起到促进作用。我们的医生发现，上等阶层的多边形婴儿娇嫩细小的边可以被折断，从而可以被重塑，精确程度有时足以令两三百条边的多边形跃升两三百代——一下子就让边数翻倍，其地位也相应提升。但这种事情并非总能够成功，手术过程伴随着巨大的风险。

许多原本有大好前途的孩子就这么夭折了，手术的存活率不到十分之一。但那些距离圆形阶层咫尺之遥的多边形父母，野心是如此强烈，他们中几乎所有人都会把长子在满月前送去新型圆形整形医院。

成败在一年后才能知晓。届时，这些孩子大多成为新型圆形整形医院的墓园里林立的一块新墓碑。在极其偶然的情况下，一群欢天喜地的人会把小家伙带回给他欣喜若狂的父母，他已经不再是多边形，而是一个圆形——至少出于礼貌会这么说。单是一个如此幸福的成功例子，就足以诱使许许多多多边形父母献上相同的祭品，只是结局大相径庭。

## 十二　教士的信条

关于圆形阶层的信条，或许可以用一句格言作为总结："关注你的形状。"无论是政治上、宗教上还是道德上，他们的所有教诲都是以提高个人与集体的形状为目标——当然，这里的形状特指圆形，其他目标都是次要的。

圆形的功绩在于卓有成效地封杀了古老的异端邪说，这些异端邪说让人浪费精力，相信行为取决于意志、努力、训练、激励、赞扬或其他因素，而不是形状这个空洞的信仰。潘托塞克鲁斯——前面提到的那位平定了颜色动乱的睿智的圆形——率先让人们相信是形状造就了人。譬如说，如果你生来应是一个等腰三角形，却没有两条相等的边，那你一定会走上歪路，除非你将两条边治好——为此，你必须到等腰三角形医院就诊；

同样的，如果你应是三角形、正方形乃至多边形，生下来却是不规则形状，那一定会被带到相应的整形医院把病治好，否则将在国家监狱里度过余生，或被刽子手的尖角处决。

所有的过失或缺陷，从最轻微的行为失当到最丑恶的罪行，潘托塞克鲁斯都归咎于身体的形状与完美的形状之间存在偏差。如果不是天生的话，或许是因为在人群中被撞到，或许是因为缺乏运动，或许是因为运动过度，甚至是由于气温突然改变，导致某个易感部位出现膨胀或收缩。因此，这位睿智的哲学家总结，无论善行还是恶行，都不应该在头脑清醒的时候去赞美或责备。譬如说，你为什么要去赞扬正方形忠实地维护客户利益的正直品行呢？你应该做的其实是赞扬他有精确的直角。又或者，为什么要责备一个说谎与盗窃的等腰三角形呢？你应该谴责他那无可救药的不等长的边。

在理论上，这个信条是不容置疑的，但在实践中有弊端。在审判一个等腰三角形无赖时，如果他辩称自己生来就不等边，所以没办法不偷东西，你可以这样回答：正因为他不可避免地会成为邻里的祸害，你身为法官，便不得不判处他死刑——案子就这么结了。但在琐碎的家庭纠纷中，无法动用死刑，形状决定论有时会让情况略显尴尬。我必须承认，我的某个六边形孙子偶尔也会以气温骤变让他的边无法承受为由，请求我原谅他的顽劣，说我不应该责怪他，而应责怪他的形状，只有让他尽情享用上等蜜饯才能让其外形规则起来。我无法从逻辑上做出反驳，但也不能接受。

对我来说，我觉得合理的责骂或批评，对孙子的形状会起潜在的改善作用，但我不得不承认这种想法并没有依据。总之，想要摆脱这种两难境地的，并不只有我。因为我发现，许多来自最高阶层的圆形在法庭担任法官时，会对规则形状好言相劝，对不规则形状则恶言相向；但在家里，根据我的亲身经历，他们在训斥孩子时，仍激动、无休止地说“对”与“错”，似乎他们相信这些名词真的存在，人能够在两者之间做出选择。

圆形一直在不遗余力地强化外形在人们心中的地位，将空间国里父母与子女的关系完全逆转。在你们那里，孩子被教导要尊敬父母，而在我们这里——除了所有人尊敬的圆形——有孙子的，要尊敬自己的孙子；没有孙子的，就要尊敬自己的儿子。但“尊敬”绝不意味着“放纵”，而是虔诚地维护他们的最高利益。圆形还教导大家，身为父亲，应将自己的利益置于后代的利益之后，从而造福自己的后代并为整个国家谋福祉。

圆形构造的这个体系有一个缺陷——如果身为一个卑微的正方形，可以冒昧指出圆形的缺点的话——在我看来，是他们与女性的关系。

由于对社会来说，避免不规则形状的出生是至关重要的事情，因此，如果哪个女性的家族里有不规则形状的祖先，那么对于希望自己的后代能在社会阶层中稳步上升的男人来说，她就不是合适的结婚对象。

男人的形状是否规则，只要测量就能知道。但女性都是线段，因而看上去都是规则的，人们只能采用其他办法确定“隐藏的不规则性”，也就是生下不规则后代的可能性。有效的做法是，仔细地记录族谱，并由国家保存监管。如果女性没有获得认证的族谱，不允许结婚。

现在，或许你们会以为圆形——他们以自己的家族为荣，并希望后代能出一个圆形首领——会比任何人更谨慎地选择家族没有污点的妻子，但情况并非如此。挑选一个身家清白的妻子的谨慎程度，似乎随着社会阶层的上升而递减。一个希望生下等边三角形儿子的上进的等腰三角形，绝不会娶祖先中出过一个不规则形状的女性为妻；相信自己的家族正在稳步上升的正方形或五边形，娶妻时只会追溯五百代以内的家谱；六边形或十二边形对妻子的族谱更加不上心；据悉，圆形会故意娶一个曾祖父是不规则形状的妻子，或许是因为自己的优越感，或许是因为对方低沉嗓音的魅力——比起你们，这种“女性魅力”让我们更加无法抵挡。

可以想象得到，这种草率的婚姻要么导致后代沦为不规则形状或边数减少，要么导致不孕，但这些可怕的后果并没有形成足够的威慑。一个高度进化的多边形少了几条边并不容易被察觉，有时候还可以到我之前提到的新型整形医院通过手术改变这一状况。此外，圆形太过相信不育是发育优越的体现。但如果这股歪风不被制止的话，圆形阶层的消亡速度或许会加快。在不久的将来，当这个阶层再也没有圆形首领诞生时，平面国的社会结构将会被推翻。

这让我想起了另一则警告，也和我们的两性关系有关，但我不知道该如何解决。大约三百年前，圆形首领宣布因为女性缺乏理智而情感充沛，所以她们不再被当作理性的人，也不能再接受任何智力教育。结果，女性不再学习读书识字，甚至连算术都不会，连丈夫或孩子有几个角都数不清。自此之后，她们的智力明显一代不如一代。这种不让女性接受教育的体制或"女子无才便是德"的思想依然盛行。

我害怕的是，虽然这个政策是出于善意，但长期执行下来，已经对男性造成了伤害。

事情的后果是，正如现在的情形，男性不得不过着用双语进行沟通的日子，我几乎可以说，是用两种思维进行交流的日子。我们对女性说"爱情""责任""对错""怜悯""希望"，以及其他非理性的感性概念，完全是虚构的，想出这些词语只是为了控制女性丰富的情感。而在男性当中，在书本里，有另外一套完全不同的词汇体系，或者说有一套约定俗成的术语。于是，“爱情”变成了“对利益的期待”，“责任”变成了“必要性”或“适当性”，其他字词的意思也相应发生了转变。而且面对女性时，我们使用的语言极尽尊崇，她们完全相信，就连圆形首领在我们心目中的地位也比不上她们。但在她们的背后，我们对她们的想法和说法是——所有人都这样，除了小男孩——她们比“无脑生物”好不了多少。

对女性宣扬的宗教也和在其他场合宣扬的完全不同。

现在，我卑微的担忧是：这种语言与思想的双重训练对年轻人来说是过于沉重的负担，尤其在三岁的时候，他们被从母亲的怀抱里带走，被教导要抛弃旧的语言——只有在母亲和保姆面前才能说——还得学习科学的词汇与术语。我发现，与三百年前更发达的祖先相比，如今我们对数学真理的掌握已经不如从前。我不是说可能存在哪位女性偷偷学会识字，并把所学到的知识教给同胞的危险；也不是说一个行事轻率或不听话的小男孩可能会向母亲泄露逻辑语言的秘密，只是出于男性的智力正在衰退这个简单的事实，谦卑地向最高当局呼吁，希望重新考虑关于女性教育的法规。

第二部分

# 别的世界

“噢，美丽新世界，

其中有如此出色的人！”*

* 出自莎士比亚作品《暴风雨》。

## 十三　我梦见了直线国

那是平面国纪元 1999 年的倒数第二天，也是长假的第一天。我以最喜欢的几何学作为消遣，一直到深夜时分睡觉时，脑子里还在琢磨一个未解决的问题。当晚，我做了一个梦。

我看见在我身前有很多短短的线段（我自然以为是一群女人），线段上还有一些身形更小、闪闪发亮的光点——都在同一条直线上来回移动，根据我的判断，其速度完全一致。

他们在移动时，每隔一段时间就会发出令人困惑的叽叽喳喳声。但当他们静止不动时，一切又会归于平静。

我走近最长的线段，我想她是女人，便试着和她搭讪，但她没有应答。我又试了两三回，依然没有回应。这种令人不可容忍的粗鲁，让我失去了耐心，于是我把嘴巴凑到她的嘴巴正前方，拦住她的去路，大声地重复了我的问题：“女士，你们为什么聚在这里？这奇怪的叽叽喳喳声又是怎么回事？还有，你们为什么在同一条直线上单调地来回走动呢？”

“我并非女人。”那条小小的线段答道，“我是这个世界的国王。你擅闯我的直线国，想要干什么？”听到这个出人意料的回答，我为自己惊扰了国王连忙乞求原谅。我介绍自己是异乡人，恳求国王向我介绍他的领土。但我很难获得任何让自己感兴趣的内容，因为这位国王总以为，他所熟悉的事情，我一定也知道，我只是在扮演无知的小丑。不过，通过锲而不舍地追问，我得出了以下事实：

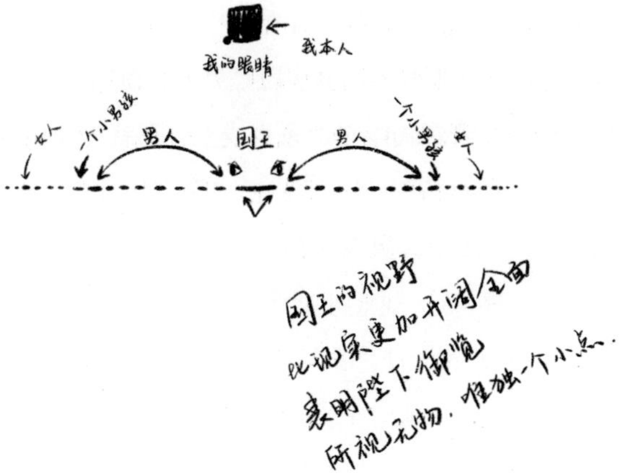

似乎这个无知而可怜的国王——他自诩为国王——相信他称之为王国并在其中生活的那条直线构成了整个世界，事实上，它就是整个空间。由于他的行动与所见都只局限于那条直线，因而对外界一无所知。虽然我一开始向他打招呼时，他听见了，但声音传到他耳朵的方式与过往的经验不太一样，所以他没有应答。“我没看见有人，”他是这么解释的，“而且我听到的声音似乎是从我的肚子里传出来的。”在我把自己的嘴巴凑到他的世界之前，他看不见我，只听到奇怪的杂音从侧面而来——我称之为他的侧边，但他说那是他的体内或胃部。而且，他甚至对我的世界完全没有概念。在他的世界或那条直线之外，一切对于他来说都是空白的。不，甚至不是空白，因为空白意味着空间，更确切地说，一切都不存在。

他的臣民——那些短小的线段是男人，而亮点是女人——他们的行动与视野都局限在那条直线上，那就是他们的世界。很显然，他们的整条“地平线”只是一个点，所有人看见的任何事物都只是一个点。男人、女人、孩子、物体——在直线国居民的眼中，都只是一个点。他们只能依靠嗓音分辨性别与年龄。此外，每个人都占据在那条狭窄通道上，可以说占据了整个宇宙，所以没有人能向左或向右移动，给经过的人让路。因此，直线国的居民永远无法越过其他人。一旦成为邻居，永远都是邻居。他们的邻居关系就像我们的婚姻关系一样，邻居永远都是邻居，直至死亡将他们分开。

像这样的生活，眼里所见只是一个点，所有的行动都局限于一条直线，在我看来，实在无聊得难以言喻。我惊讶地注意到，国王竟然还活力充沛，心情也很愉快。这种环境对家庭关系很是不利，夫妻之间如何享受鱼水之欢呢？我犹豫再三，不知询问国王这么敏感的问题是否恰当，最终我还是开口了，唐突地问候国王的家人是否安康。“我的妻儿们，”他答道，“都很健康快乐。”

这个答案让我吃了一惊——因为国王的身边（在我进入直线国之前，我已经在梦中注意到了）只有男人——我壮起胆子说道：“抱歉，但您与王后之间隔着至少六个人，您又不能透视或穿越而过，我无法想象您如何看到或接近她们。难道在直线国，结婚和生儿育女不需要彼此接触吗？”

“你怎么会问出这么荒唐的问题？”国王答道，“如果真的如你所说，这个世界的人很快就会灭绝。不是的，不是的，心灵的结合不需要身体的接触。生儿育女是何等重要的事情，怎么能依赖接触这种偶然事件呢？你不应该对此毫不知情。但既然你想装傻，那我就把你当作直线国的小孩子教导一下，然后你就会知道，周公之礼是通过声音与听觉来完成的。

“你一定知道，每个男人除了两只眼睛，还有两张嘴巴或两种声音，一个是男低音，另一个是男高音。我本不应该提到这个，但在我们对话时，我一直没听见你用男高音说话。”我回答说我只有一个声音，而且我没有发觉国王有两种声音。“这证实了我的想法。”国王说，“你不是男人，而是一个雌性的怪物，说话只有低音，耳朵未曾受过训练。不过呢，我们继续吧。

“大自然规定，每个男人都应该娶两个妻子——”

“为什么是两个呢？”我问。

“你装傻也装得太过分了吧。”他大声嚷道，“如果不让一个男人与两个女人结合，怎么产生一个男人的高音与低音和两个女人的高音与低音的完美和声呢？”

我说：“可是，假如某个男人只想要一个老婆，或者想娶三个呢？”

“这是不可能的，”他说，“就像二加一等于五，或人的眼睛能看见线段一样，根本无法想象。”

我本想打断他，但他继续往下说：“每周的周中会有一回，自然法则驱使我们以比平时更强烈的幅度有节奏地来回移动，持续的时间可达一百零一个来回。在这种求偶歌舞的中途，即第五十一个来回时，全世界的人会骤然停下来，每个人都发出最饱满、最丰润、最甜美的声音。正是在这个决定性的时刻，婚姻的关系缔结了。男低音与女高音、男高音与女低音的酬唱应和是如此美妙，许多时候，尽管相距两万里格[1]之遥，相爱的恋人也能立刻认出自己命中注定的爱侣的回应。穿越微不足道的距离障碍，爱情将三人结合在一起。在刹那间会为直线国诞下三个后代，有男有女。”

“什么！总是三个吗？”我问道，“难道其中一个妻子每次都会生下双胞胎吗？”

“你这个只有低音的怪物！是的。”国王答道，“要是不生两个女孩和一个男孩，性别的平衡如何维持？难道你忘记了自然的基本规律了吗？”他气鼓鼓的不再说话。我劝了他好一会儿，他才肯继续讲述下去。

“当然，你不能以为每个单身汉在第一次参加求偶合唱时，就能找到伴侣。恰恰相反，当中的大部分人都需要重复许多次。很少有人能幸福地立刻认出上天注定的伴侣的声音，进入酬唱应和达至完美和谐的关系。对大多数人来说，求偶的过程是漫长的。求爱者的声音有时候或许能与未来的某一个妻子和谐，却不能兼顾，或者与两个都不和谐。又或者，女高音与女低音之间不和谐；遇到这种情况，每周一次的合唱会让三个人

〈1〉 里格：英国长度单位，1 里格约 4.83 千米。

越来越和谐。每一次试音，每一次新发现的不和谐之处，都会在不经意间调整，以至达到完美的状态。经过多次的尝试与调整后，修成正果的那一天终于到来。当例行的求偶合唱在直线国响起时，三个相距遥远的爱侣会突然发现彼此取得了完美的和谐，还没等他们反应过来，已经结为夫妻，声音销魂地融为一体。此时，大自然欣喜地庆祝又一桩婚姻的缔结与三个新生命的到来。”

# 十四　我试图解释平面国的本质，却没有成功

我觉得是时候让这位欣喜若狂的国王了解一些常识了。我决定努力启发他，让他看清真相，即看清平面国的本质。于是，我这样说道："不知陛下您如何辨认臣民的形状与位置呢？在进入您的王国之前，我借助视觉，发现您的臣民有些是线段，有些是点，有的线段比较长——"

"这不可能，"国王打断了我，"那一定是你的幻觉。每个人都知道，用视觉分辨线段与点是不可能的。但是可以通过听觉去辨别，这样可以精准地确认我的形状。看着我——我是直线国最长的线段，占据了六英寸空间——"

"是六英寸长度。"我鼓起勇气纠正他。

"笨蛋！"他喝骂道，"空间就是长度。你要是再打断我，我

就不说了。”

我表示抱歉，但他以轻蔑的口气继续说：“既然你这么不开窍，听不进道理，那你应该用自己的耳朵听听我是如何通过两种声音向妻子展现我的外形的。此刻，她们在 6000 英里 70 码 2 英尺 8 英寸之外，一个在北边，一个在南边。听着，我要叫她们了。”

他发出尖叫，然后得意地说：“我的妻子们会先后听到我的两个声音，她们发觉两者之前存在时间差，声音可以传播 6.457 英寸，从而推断出我的两张嘴巴之间相距 6.457 英寸，进而知道我的形状是 6.457 英寸。但是你当然会明白，我的两个妻子不需要每次听到我的声音时都这样计算。在我们结婚前，她们已经计算过一次，那就够了；但她们随时都能计算出来。同样，我也可以用这种方法估算任何一个男性臣民的形状。”

“可是，”我说，“如果一个男人用他其中一个声音假扮女声，或把南边声音伪装成北边声音，又该怎么办呢？这种欺诈行为难道不会造成极大的麻烦吗？您会命令相邻的臣民互相触摸以防止类似的欺骗吗？”这当然是一个非常愚蠢的问题，因为触摸不可能达到这个目的。但我这么问是为了激怒国王，而且我成功了。

“什么！”他惊惶地嚷道，“你到底是什么意思？”

“触摸、触碰、接触。”我回答。

“陌生人，如果你的意思真的是触摸，”国王说，“两人挨得那么近，中间没有任何空隙，你要知道，在我的王国里，这是足以判处死刑的重罪。原因非常明显，挨得这么近，会把柔弱的女性震碎，国家必须保护她们。由于无法通过视觉分辨男女，法律规定男女一律不得彼此凑得太近，以免破坏人与人之间的距离。

“事实上，被你称为‘触摸’的、非法且不符合自然规律的过度接近有什么作用呢？以这种粗鲁的方式达到的目的，能够通过听觉更轻松、更精准地实现，难道不是吗？至于你提到的存在欺骗的风险，这根本不可能：因为声音是人的本质所在，不可能随心所欲地改变。假如我有穿过物体的能力，可以逐一穿过我的臣民，直至穿过十亿人，靠触觉确定每个人的尺寸与距离，但是这个笨拙又不准确的方法要浪费多少时间与精力啊！然而，现在只要聆听片刻——就当它是一场人口普查——直线国每个人的位置、身体、思想与精神便尽在掌握之中了。听着，用心听着！”

说到这里，他停下来倾听着，似乎陶醉在喜悦中。但在我听来，那只是不计其数的小蚱蜢发出的窸窸窣窣的叫声。

“的确，”我回答说，“您的听觉对您大有好处，弥补了您的许多缺陷。但请允许我指出，您在直线国的生活一定极其枯燥乏味。您看到的只有一个点！甚至连一条线段都看不见！不，甚至连什么是线段都不知道！你们拥有视力，却又无法像我们在平面国那样看见那些线段！哪怕变成瞎子，也胜过眼界如此狭窄！我可以告诉您，我确实没有你们那么敏锐的听觉——虽然直线国的大合唱为你们带来了美妙的愉悦感觉，对我来说只是叽叽喳喳声。然而，至少我可以凭着视觉分辨线与点。让我证明给您看吧。在我来到您的国度之前，我看到您在跳舞，从左到右，再从右到左，您的左边有七男一女，您的右边有二女八男。我说得对吗？”

“对的。”国王说，“虽然我不知道你说的‘左边’和‘右边’是什么意思，但就人数与性别而言，的确没错。不过我不相信你会看见这些。你怎么能看到线段，也就是一个人的内部呢？这些一定是你听说的，然后做梦以为自己看到了。我且问你，你说的‘左边’和‘右边’是什么意思？我想这是你对‘北边’和‘南边’的说法吧。”

“不是。”我答道，“除了你们可以移动的向北与向南，还有另外一个方向可以移动，我称之为左和右。”

国王：“如果可以的话，请向我展示一下左右移动。”

我：“不，我做不到，除非您能跨出您所在的直线。”

国王："跨出我的直线？你是说离开这个世界吗？离开整个空间？"

我："嗯，是的，离开您的世界，离开您的空间。因为您的空间并非真正的空间。真正的空间是一个平面，但您的空间只是一条直线。"

国王："如果你无法在这里展示左右移动，那么请求你用语言描述吧。"

我："如果您不能区分自己的左右，恐怕我也无法向您解释清楚。但您肯定不至于如此无知，连这么简单的区别都不知道。"

国王："我完全不明白你在说什么。"

我："唉！我该如何才能解释清楚呢？当您向前走时，难道没有想过，或许可以往另外一个方向移动，朝侧边对着的方向看看吗？换句话说，除了一直朝两端的方向移动，难道您从未想过朝侧边的方向移动吗？"

国王："从来没有。你到底是什么意思？一个人的内部怎么可能朝着任何方向呢？或者说，一个人如何朝自己的内部移动呢？"

我："那好吧。既然语言无法解释清楚这件事情，我会尝试用行动证明。我会朝着我想向您解释的方向，慢慢地离开直

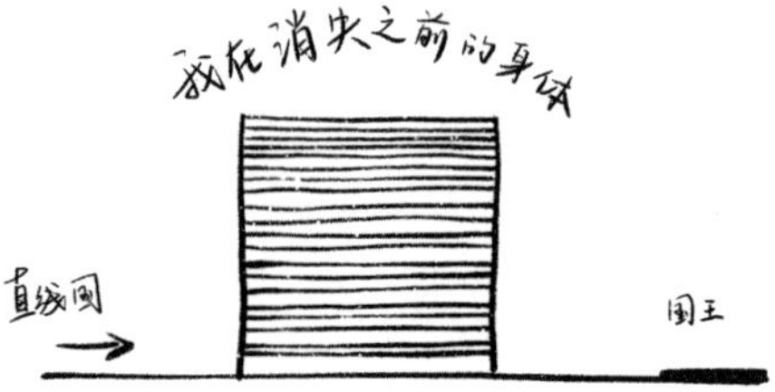


线国。”

说完，我开始让身体从直线国移开。当我的身体还有一部分留在他的国度与视线里时，国王一直在说：“我能看见你，我仍然能看见你，你根本没动。”但最后，当我离开直线国时，他高声尖叫起来：“她不见了！她死了！”

“我没有死。”我答道，“我只是离开了直线国，也就是说，离开了您称为空间的那条直线。我来到了真正的空间，可以看到物体的本来面目。此刻，我能看到您的身体或您的侧边——或您的内部，随您怎么称呼；我还能看到在您南边和北边的男男女女，可以清点他们的数量，描述他们的顺序、尺寸和彼此的距离。”

当我说了这么一大段之后，我得意地嚷道：“您终于相信了吗？”然后我再次进入直线国，回到原来的位置。

但国王答道：“如果你是一个理智的男人——不过，因为你只有一个声音，我相信你并不是男人，而是一个女人——要是你还有半丁点理智的话，希望你讲点道理。你要我相信，除了我感知到的直线，还有另外一条直线；在我每天移动的方向之外，还有另外一个移动方向。我想要你用语言描述或用行动表明你所说的另外一条直线，可你并没有行动，而是要了个凭空消失然后再出现的魔术。你并没有清晰地描述你的新世界，只是说出了我四十个随从的数量与尺寸，这些事实连我们首都的小孩子都知道。还有比这更荒唐、更狂妄的事情吗？要么承认你的愚蠢，要么离开我的领土。”

他的任性让我感到十分气愤，令我尤为气恼的是，他竟然弄错了我的性别，于是我口不择言地反驳道：“你这个白痴！你以为自己是完美的，实际上，最不完美、最愚蠢的人就是你。你自诩能看见，但看见的只是一个点！你为自己能推测线段的存在而扬扬自得，但我真的能看见线段，还能推断角度、三角形、正方形、五边形、六边形乃至圆形。何必多费口舌呢？只要说我是完整的，而你是残缺的就够了。你是一条线段，而我是无数条线段，在我的国度，我被称为正方形。虽然我比你不知道高级多少倍，但比起我们平面国的贵族，我根本算不了什么。我从平面国来到这里，本打算为无知的你带来启蒙。”

听到这番话，国王朝我冲过来，嘴里发出恫吓的叫嚷声，似乎想要将我沿对角线刺穿。与此同时，他的无数臣民发出声势浩大的喊杀声，场面越来越激烈，到最后，我觉得那声音与十万名等腰三角形加上一千名五边形炮兵的呐喊不相上下。我似乎被一道符咒束缚，说不出话来，也动弹不得，无法逃避逼近的毁灭，叫声越来越响亮，国王越来越近。这时，我突然惊醒过来，发现是早餐的铃声把我召回到了平面国的现实世界里。

# 十五　一个来自空间国的陌生人

我从梦境回到了现实。

那是平面国纪元 1999 年的最后一天，淅淅沥沥的雨水宣告了夜幕的降临。妻子陪我坐着〈1〉，我在追忆过去，展望新年，以及即将到来的新世纪与千禧年。

我的四个儿子和两个失去父母的孙子都已经回到各自的房间，只有妻子陪伴着我见证新旧千年的交替。

---

〈1〉　我所说的“坐”当然不是你们在空间国里的那种姿势。我们没有脚，就像空间国的鞋底或比目鱼，无法“坐”或“站”（依照你们的词义）。不过，我们清楚地知道，“躺”“坐”“站”所隐含的不同的精神状态。随着情绪的高涨，在旁观者的眼中，我们也会愈发明亮。因时间所限，我不能详述这个问题以及其他上千个类似的问题。——原注

我陷入了沉思，回想着我最小的孙子无意间说过的一番话。他是前途无量的六边形，格外聪慧，拥有完美的角度。刚才他的几个叔叔和我在陪他做视觉辨认的常规练习，我们绕着自己的中心时快时慢地旋转，然后让他说出位置。他的回答让人非常满意，我决定传授给他一些几何学中的算术知识作为奖励。

我拿出九个正方形，每个边长1英寸，将它们拼在一起，组成一个更大的正方形——边长3英寸，以此向我的小孙子证明，虽然我们看不见正方形的内部，但可以通过计算边长的平方，得出正方形的面积。“因此，”我说，“我们知道 $3^2$ 或9是边长为3英寸的正方形的面积。”

小六边形思考了片刻，然后说：“但你教过我一个数的立方，我猜 $3^3$ 在几何学里一定有其意义。那是什么呢？”

“什么都不是。”我答道，“至少在几何学中没有意义，因为几何学是关于二维的。”然后我开始向这个小男孩展示一个点如何移动3英寸，便构成一条3英寸长的线段，可以表示为3；而一条3英寸长的线段平行移动3英寸，便构成一个边长为3英寸的正方形，可以表示为 $3^2$。

讲到这里，我的孙子又提起他刚才的想法，突然接过我的话，大声说道：“好吧，如果一个点移动3英寸，便构成一条3英寸的线段，可以表示为3；而一条3英寸的线段，平行移动3

英寸，便构成一个边长为3英寸的正方形，可以表示为$3^2$，那么这个边长为3英寸的正方形平行移动（但我不知道是朝哪个方向），肯定会构成另一个每条边都是3英寸的东西（但我不知道这会是什么）——可以表示为$3^3$。”

“去睡觉吧。”他的打岔让我有点恼火，“如果你能少说废话，就能多记住点知识。”

于是，我的孙子悻悻地走开了。我坐在妻子身边，努力回忆1999年的往事，展望2000年的种种可能，但是我始终无法摆脱聪明的小孙子随口说出的想法。在时长为半小时的沙漏里只剩几粒沙子时，我从沉思中回过神来，将沙漏转向北方，这将是旧千年的最后半小时。同时，我大声嚷道：“这孩子是个傻瓜。”

这时，我立刻察觉到房间里多了个什么东西，一阵寒意让我浑身直打哆嗦。“他才不是傻瓜。”我的妻子喊道，“你违反了规定，不能辱骂自己的孙子。”但我没有理睬她。我四处张望，什么也没看见。可我还是觉得有什么东西，那股寒意再次靠近，我又打了个冷战。我站起身。“怎么了？”我的妻子问，“屋里没有风，你在找什么呢？什么都没有。”确实什么都没有。我回到座位上，又嚷了一遍：“我是说，这孩子是个傻瓜。$3^3$在几何学中根本没有意义。”一个清晰的声音立刻做出回答：“那孩子不是傻瓜，$3^3$ 在几何学中当然有意义。”

我和妻子都听见了这番话，虽然她并不明白其中的含义。我们朝声音传来的方向冲过去。在我眼前突然出现了一个形状，让我们惊恐不已！乍看之下，这个形状似乎是一个女人的侧面，但仔细一看，我发现其端点变暗的速度非常快，不可能是女性。我想应该是一个圆形，却又能随意改变大小，对于我见过的圆形或规则形状而言，这是不可能的。

但我的妻子不像我这么经验丰富，也缺乏关注这些细节必要的冷静。和往常一样，出于女性毫无道理的嫉妒之情，她草率地得出结论：一位女性从某个小缝溜进了家里。“这位女性怎么会在这里出现？”她大声嚷道，“亲爱的，你答应过我，不会在我们的新房里留通风口的。”

“根本没有通风口，”我说，“可你怎么会认为那个陌生人是女人呢？我以视觉辨认的技艺看到——”

“好吧，我可没有耐性等你用视觉辨认，”她答道，“‘触摸方为实’‘触摸一条线段堪比看见一个圆形’。”——这是流行于平面国女性中的两句谚语。

我害怕惹恼她，便应道：“嗯，如果真是那样，请人家介绍一下自己吧。”我的妻子摆出最优雅的姿态，朝那个陌生人走去。“这位女士，请允许我触摸你并被你……”这时，她突然把话收了回去，“噢！这不是女人，而且没有角，连一点痕迹都没有。难道我冒犯了一个完美的圆形吗？”

“从某种意义上来说，我确实是一个圆形。”那个声音答道，“比平面国的任何圆形都更加完美。但更准确地说，我是许多圆形的合体。”然后，他更加温柔地说，“亲爱的夫人，我有一则讯息要向您的丈夫传达，请恕我不能在您面前讲。如果您不介意的话，请允许我们离开几分钟——”我的妻子对我们尊贵的访客表示不必这么客气，说她该上床睡觉了，并不断地为刚才的莽撞道歉，然后回到了自己的房间。

我瞥了一眼那个沙漏，最后几粒沙子已经落下。第三个千禧年开始了。

## 十六　这个陌生人如何徒劳地用语言向我解释空间国的奥秘

当我的妻子离开时发出的安全警报消失之后，我朝那个陌生人走去，一是想看得更清楚一些，二是请他就座。但他的样子把我吓得目瞪口呆。他浑身上下找不到丝毫角的痕迹，但他的大小与亮度每时每刻都在变化，在我的经验里，没有哪个形状能够如此。一个念头掠过我的脑海：我眼前的这个人说不定是一个窃贼或杀人凶手，一个穷凶极恶的不规则等腰三角形，伪装成圆形的声音，不知怎么潜入了我的家里，正准备用他的尖角刺穿我。

客厅里没有雾（时下刚好是旱季），让我无法相信视觉辨认的准确性，尤其在我站得离他这么近的情况下。我感到害怕极了，不顾礼节地冲上前去。“阁下，您一定得允许我……”我没说完就触摸了他。我的妻子说得没错，他根本没有角，非常光滑、均匀，我这辈子从未遇到过这么完美的圆形。他一动不动，我绕着他的身体，从他的眼睛开始，转了一圈再次触摸到他的眼睛。毫无疑问，他完全是一个圆，一个完美无瑕的圆。然后，我们开始对话，我会尽力记录下所有的内容，只是省略了我不绝于口的抱歉——因为我觉得很羞愧，身为一个正方形，我竟然冒犯地触摸一个圆形。这个陌生人对我冗长的介绍仪式感到些许不耐烦，先开启了对话。

陌生人："你现在触摸够了吧？可是你还没有向我介绍你自己呢。"

我："最尊贵的阁下，请原谅我的笨拙，虽然我并非不懂礼节，但是您的突然造访，让我有点惊讶与紧张。我恳求您不要把我的失态告诉别人，尤其不要告诉我的妻子。在与阁下继续沟通之前，您可否满足我的好奇心，让我知道您从哪儿来？"

陌生人："来自空间，先生，来自空间。不然我还会从哪里来呢？"

我："抱歉，阁下，但您已经在空间里了，阁下与鄙人此刻就在空间里，难道不是吗？"

陌生人："呵！你知道空间是什么吗？介绍一下吧。"

我："阁下，空间就是无限延伸的高度和宽度。"

陌生人：“果然，你根本不知道何谓空间。你以为空间只是二维的，但我到这里就是要告诉你，空间是三维的——有高度、宽度和长度。”

我：“阁下真是爱开玩笑。我们也说长度与高度，或宽度与厚度，用这四个名词来表示二维空间。”

陌生人：“但我的意思不只是三个名词，而是三个维度。”

我：“阁下可否向我展示或解释我不了解的第三个维度在哪个方向？”

陌生人：“我就是从那里来的，是从上边到下边。”

我：“阁下指的似乎是北边和南边吧？”

陌生人：“我并不是这个意思。我指的方向，你看不见，因为你的侧面没有眼睛。”

我：“抱歉，阁下，您只要稍微检视一下就会知道，在我的两条边的结合处有一个完美的光点。”

陌生人：“是的，但要看见空间，你的眼睛不应该长在边框上，而应该长在侧面，或许你会称之为身体的内部，可在我们空间国，叫侧面。”

我：“在我身体的内部长出一只眼睛！在我的肚子里长出一只眼睛！阁下是在开玩笑吧？”

陌生人：“我没有开玩笑。我告诉过你，我来自空间——

既然你不明白空间的含义，我还是说来自三维世界吧，刚才我从那里俯瞰你称之为空间的平面。从那个有利位置，我看到了所有你们称之为立体（就是你们所说的‘封闭在四条边之内’的物体）的东西：你们的房屋、教堂、柜子与保险箱，是的，就连你们身体的内部和五脏六腑，所有的一切都暴露在我眼前。”

我：“阁下，说这种话很容易。”

陌生人：“你的意思是，要证明起来就不那么容易了。但我会证明我所说的话。当我降临这里时，我看见了你的四个五边形儿子，都在各自的房间里；还有你的两个六边形孙子，最小的那个孙子陪了你一会儿，然后回到自己的房间，留下你和你的妻子；我还看见你的三个等腰三角形仆人正在厨房里吃晚餐，还有一个童仆在洗碗间里。然后我来到这里，你认为我是怎么来的呢？”

我：“我想是通过屋顶吧。”

陌生人：“不是的。你也清楚，你的屋顶不久前刚修葺过，连一个小洞也没有，连女人也闯不进来。我告诉过你，我来自空间。我已经将你的孩子和家里人的情况告诉你了，难道你还不相信吗？”

我：“阁下，您要获取信息有非常多的渠道，可以轻松地从某个邻居那里了解到鄙人家里的情况。”

陌生人（自言自语）：“我该怎么办呢？等等，我想到了另一个论据。当你看见一条线段——以你的妻子为例——你认为她有几个维度呢？”

我：“阁下似乎把我当成对数学一窍不通的粗人了，以为女性真的是一条线段，只有一个维度。不，不，阁下，我们正方形还是有点学识的，我们与阁下一样清楚，女性虽然被大家称为线段，但从科学意义上说，她们其实是非常纤细的平行四边形，和我们其他人一样有两个维度，即长度与宽度（或厚度）。”

陌生人：“但真正的事实是，一条线段能被看见，那表示还有另外一个维度。”

我：“阁下，我刚刚说过女性有宽度与长度。我们可以看见她的长度，也可以推断出她的宽度，虽然非常细小，但还是可以测量的。”

陌生人：“你不懂我的意思。我的意思是，当你看见一位女性，你应该——除了推断出她的宽度——看见她的长度，还看见我们所说的高度，不过最后一个维度在你的国度里趋于无穷小。如果一条线段只有长度，却没有‘高度’，那它就无法占据空间，也就无法被看见。你肯定明白这个道理吧？”

我：“我必须承认，我真的听不懂阁下在说什么。当我们在平面国看见一条线段时，看见的实际上是其长度与亮度。如果亮度消失了，这条线段也就消失了，即如您所说的，不再占据空间。我可以理解为阁下将亮度当作一个维度，我们所说的‘亮度’就是您所说的‘高度’吗？”

陌生人：“不是这样的。我所说的‘高度’，指的是一个类似你们的长度的维度。只是你们的‘高度’太小了，要察觉出来并不容易。”

我：“阁下，要验证您的说法，并不困难。您说我还有第三个维度，您称之为‘高度’。维度意味着有方向，而且可以测量。那请测量我的‘高度’吧，或者只需要向我指明我的‘高度’延伸的方向，我就会完全相信您。否则，还请阁下原谅我无法认同您的说法。”

陌生人（自言自语）：“这两件事我都做不到。我该如何说服他呢？先简单地陈述事实，再进行直观地演示，这肯定够了吧。现在，先生，请听我说。

“你生活在一个平面上。你们所说的平面国是一个巨大的平面，我们称之为流体平面，你和你的同胞都在上面，或者说都在里面，既不能升到上方，也无法沉到下方。

“我不是一个平面图形，而是一个立体图形。你说我是一个圆，但事实上我并不是一个圆，而是由无数个圆——它们的尺寸从一个点到直径长达十三英寸不等——层叠而成。当我切入你们的平面时，就像现在这样，我在你们的平面上产生了一个截面，你们称之为圆形，这是非常正确的。一个球体——这是我在自己的国度里的名称——如果要在平面国的居民面前现身，只能以圆形示人。

“难道你忘记了吗——我可以看见一切，所以我昨晚看见了你头脑里关于直线国的梦境——当你进入直线国的领域，你在国王面前出现时并不是正方形，而是一条线段，因为直线国的维度无法展现你的全部，只能呈现你的一个切面或截面。同样的道理，你的二维国度也不足以呈现三维的我，只能呈现我的一个切面或截面，就是你所说的圆形。

“你的眼神变暗了，这表示你并未信服，但现在请准备好接受能证明我所言非虚的证据。你在某个时刻只能看见我的一个截面，也就是一个圆，因为你无法将眼睛升出平面国的平面。但你至少可以看到，当我在空间里上升时，我的截面会变得越来越小。现在好好看着，我要上升了。你将看到我的圆越来越小，直到缩小成一个点，并最终消失。”

我看不到他在“上升”，但是真的变得越来越小，最终消失了。我眨了眨眼睛，想确定自己没有在做梦。但这确实不是梦，因为不知从哪里传来一个空洞的声音——似乎接近我的心脏部

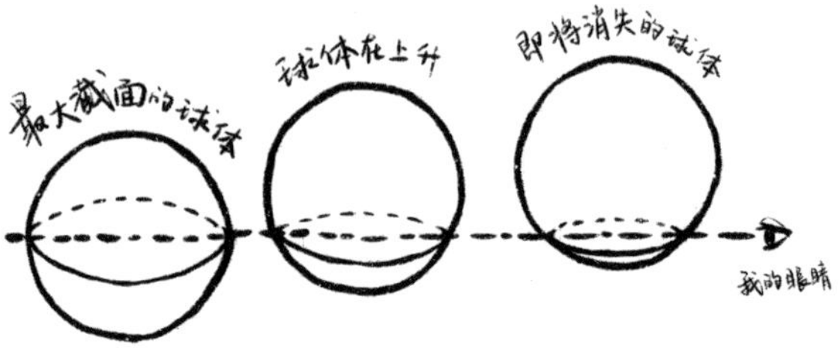


位——“我不见了是吧？现在你相信了吗？好吧，现在我会慢慢地回到平面国，你会看到我的截面变得越来越大。”

每一个空间国的读者都能轻松地理解，我的这位神秘访客所说属实，甚至都是浅显易懂的事实。对我来说，尽管我精通平面国的数学，但难以理解这一点。上面粗陋的示意图就连平面国的小孩也能看懂，知道图上标明了球体在上升中经过的三个位置。当时他呈现在我或平面国任何一个人眼前的都是圆形，首先是大尺寸的圆，然后是小圆，最后小得接近于一个点。但是，我只能看到眼前的事实，对其中的原因仍然不明白。我能理解的就是：这个圆形让自己变得越来越小，然后消失，现在他又出现了，而且迅速让自己变大。

当他恢复了原先的大小时，他深深地叹了口气，因为他察觉到我的沉默，知道我还是不明白他的意思。事实上，现在我反倒认定他根本不是圆形，而是极其狡猾的江湖骗子，要不然就是那些老太太念叨的传说真有其事，世界上真的有巫师或魔法师。

沉默良久之后，他喃喃自语："办法还有一个，要是我用行动无法证明，那只能尝试类比法了。"然后是一阵更久的沉默，接着他继续跟我对话。

球体："告诉我，数学家先生，如果一个点朝北移动，并留下一道发光的痕迹，你会如何称呼这道痕迹呢？"

我："一条线段。"

球体："一条线段有几个端点呢？"

我："两个。"

球体："现在，设想这条向北的线段平行地朝东或朝西移动，如此，线段上的每个点都留下了一条痕迹，你会如何称呼这样一个新的形状呢？我们假设它走过的距离与长度相等——我问你，它叫什么呢？"

我："正方形。"

球体："一个正方形有多少条边？多少个角？"

我："四条边和四个角。"

球体："现在，发挥一下你的想象力，设想平面国里有一个正方形，在平行地向上移动。"

我："什么？是向北移动吗？"

球体：“不，不是向北，是向上，彻底离开平面国。

“如果正方形向北移动，南边的点就会经过北边的点所经过的地方。但这并不是我的意思。

“我要说的是，你身体内的每一个点——因为你是一个正方形，正好可以作为我的例证——你的每一个点，也就是说，你身体的内部，将向上经过空间，这样的话，没有哪个点会经过先前由另一个点占据的位置，每一个点都会画出一道属于自己的线段。这么说完全符合类比法，现在你一定清楚了吧？”

我按捺住心中的不耐烦——因为现在我有一股强烈的冲动，想不顾一切地冲到这位访客面前，将他扔到空间里，或逐出平面国，去哪儿都行，只要能让我摆脱他——答道：

“我按你所说的‘向上’移动，会形成什么图形呢？我想，用平面国的语言一定能解释清楚吧？”

球体：“噢，当然可以。这非常简单，严格符合类比法——顺便说一下，形成的不是平面图形，而是一个立体图形。但我会对你做出描述。更确切地说，不是我，而是类比法。

“我们从单独一个点开始，当然它只是一个点，只有一个端点。

“由一个点产生了一条有两个端点的线段。

“由一条线段产生了一个有四个端点的正方形。

“现在，请你回答这个问题：1、2、4，这显然是几何级数，下一个数字是什么呢？”

我：“8。”

球体：“没错。正方形形成了一个你不知道叫什么，但我们称之为立方体的东西，有八个端点。现在，你相信了吗？”

我：“这东西既然有角，也有你所说的端点，那么有侧边吗？”

球体：“当然，一切都符合类比法。但顺便说一下，不是你所说的侧边，而是我们所说的侧面。你应该称其为立方体。”

我：“那么，这个因为我的内部‘向上’移动而形成的东西，也就是你们所说的立方体，有多少个侧面呢？”

球体：“你怎么会问出这种问题呢？亏你还是一个数学家！任何物体的侧边总是比它本身少一个维度。因此，一个点没有维度，所以点没有侧边；一条线段有两个侧边（线段的两个端点可以勉强被称为侧边）；一个正方形有四个侧边。0、2、4，你叫这是什么级数呢？”

我：“算术级数。”

球体：“下一个数字是什么呢？”

我：“6。”

球体：“没错。你瞧，你已经回答了自己的问题。你所形成的立方体被六个侧面包围，也就是说，六个你身体的内部。现在，你都明白了吧？”

“怪物，”我嘶声尖叫，“不管你是江湖骗子、巫师、噩梦，还是魔鬼，我不会再忍受你的嘲讽。今天，不是你死，就是我亡。”我一边说着，一边朝他猛冲过去。

## 十七　球体在劝说无果后，开始用行动证明

一切都是徒劳。我用最坚硬的直角猛地撞向这个陌生人，力量足以摧毁任何一个普通的圆形。但我察觉到他缓缓地溜向我接触不到的方向，不是朝右或朝左，而是不知怎的就离开了这个世界，消失得无影无踪。哪儿也没有他的踪影，但我还能听到这个入侵者的声音。

球体："为什么你不肯听我讲道理呢？我还以为你能成为传播三维世界福音的使徒——因为你是一个知书达理、颇有学识的数学家——我每千年才能布道一次。可现在，我不知道该如何说服你。等等，我有办法了。宣扬真理的最好方法是行动，而不是语言。听着，我的朋友。

"我告诉过你，我能从空间里看到所有你以为封闭的东西

的内部。譬如说，我可以看到你身边的柜子里有几个盒子（但是，就像平面国里的其他东西一样，它们没有顶部，也没有底部），里面装满了钱；我还看到两本账簿。现在我要到那个柜子里，把其中一本账簿拿给你。半小时前，我看到你把柜子锁上了，我知道钥匙在你身上。不过我将从空间降落，你瞧，门没有动过。现在，我在柜子里，我正在拿账簿。我拿到了，现在我带着它上升了。”

我冲到柜子前，把柜门打开，其中一本账簿不见了。这个陌生人发出嘲讽的笑声，出现在房间的另一个角落，与此同时，那本账簿也出现在地板上。我捡起账簿，毫无疑问——这就是那本失踪的账簿。

我吓得连连惊叫，怀疑自己是不是疯了。这个陌生人继续说道：“现在你一定明白，只有我的解释能说明这种现象，没有其他可能。你们所说的立体其实只是流于表面，你们所说的空间其实只是一个巨大的平面。我身处空间，俯瞰着物体的内部，而你们只能看到它们的外表。只要下定决心，你也可以离开这个平面。只要稍稍向上或向下移动，你就能看到我所看到的一切。

“我升得越高，离你的平面越远，看到的东西也就越多。不过，一切看上去会小一些。譬如说，我正在上升，现在我能看到你的邻居六边形和他的家人正在各自的房间里；现在我看到剧院的内部，十扇门都开着，观众们正要离场；而在另一边，一个圆形正坐在书房里读书。现在，我将回到你的身边。作为最有力的证据，让我触摸你一下，就在你的肚子里轻轻碰一下，你觉得如何？这不会伤到你，你可能会感到些许疼痛，但比起你在思想上的收获，根本不算什么。”

还没等我开口表示抗议，就感到体内一阵刺痛，同时从中发出一阵恶魔般的狂笑。过了一会儿，刺痛感停止了，只剩下隐隐作痛的感觉。这个陌生人又出现了，一边渐渐变大，一边说：“好了，我没把你伤得太重吧？如果现在你还是不相信，那我真不知道该如何说服你了。你有什么想说的吗？”

我下定了决心。我无法再忍受这个想来就来想走就走，还拿别人的肚子开玩笑的魔术师。我恨不得把他钉在墙上，直到有人来帮忙！

我再次用最坚硬的角撞向他，同时大声求助，把全家人都吵醒了。我确信，就在我准备动手的时候，这个陌生人已经潜到平面之下，没办法飞升起来。总之，他丝毫未动。这时，我想我听到了帮忙的人正在赶来的声音，于是我使出双倍的力气死死地压住他，继续大声求助。

球体开始颤抖起来。我似乎听到他在说：“这样是不行的，要是讲道理没什么用，我只能动用文明的最后手段了。”然后，他抬高嗓门以急促的语速对我说，“听着，绝不能让别人看到这个场面。马上叫你的妻子回去，趁她还没有进来。三维世界的福音绝不能就此被破坏，等候千年的硕果，岂能这样轻言放弃。我听到她快过来了。回去！回去！要么放开我，要么你跟我一起走——去你不知道的地方——到三维世界！”

“笨蛋！疯子！畸形！”我大声吼道，“我绝不会放开你，你将为你的欺骗行为付出代价。”

“哈！真的只能这样吗？”这个陌生人吼道，“那就接受你的命运吧，离开你的平面。一、二、三！走吧！”

# 十八　我如何来到空间国，以及我的所见

一种难以言状的恐惧攫住了我。我先是眼前一片漆黑，然后感到一阵晕眩、恶心，似乎看到了什么东西，却又什么都没看到。我看到的线段不是线段，空间也不是空间。我还是我，又感到不是原来的样子。我终于可以发出声音，痛苦地尖叫道："我是疯了，还是说这里是地狱？"

"都不是。"球体声音平静地回答，"这是知识的世界，这里就是三维世界。睁开你的眼睛，好好看看吧。"

我放眼望去，我看到了：一个新世界！站在我面前的，清清楚楚的，是我曾设想过、揣测过、梦想过的完美的圆形。这个陌生人的内部暴露在我的眼前，但我没看到心、肺和动脉，只有一个完美而和谐的东西——我无法用言语形容，但你们，

我空间国的读者，会说这是球体的表面。

我对这位导师心悦诚服，高声喊道："噢，神圣的您，您是美好、完善、智慧的化身，我能看见您的内部，但我怎么看不见您的心、肺、动脉和肝脏呢？"

"你看见的并不是你以为的东西。"他答道，"你和其他人都无法看见我的内部。我与平面国的人不一样。如果我是一个圆形，那你能看见我的内部。但正如我之前对你说过的，我由许许多多个圆形构成，在这个国度被称为球体。就像立方体的外表看起来是正方形，球体的外表看起来是圆形。"

虽然我的导师这番深奥难懂的话还是让我充满疑惑，但我不再报以反感，而是默默地打心眼儿里崇拜他。他的语气缓和了些，继续说道："如果你没办法马上理解空间国深刻的秘密，不要感到懊恼，慢慢你就会明白的。我们先回头看看你的故乡。和我一起看看平面国吧，我会让你看看你经常思考或推测，却从未直接见过的角。"

"不可能！"我嚷道。但在球体的带领下，我跟着他，就像在做梦，直到他的声音再次传入我的耳中："看看那边，好好看看你的五边形房子，还有里面的人。"

我俯瞰下方，看到了家里的所有人，之前我只能靠智力推测他们的样貌。与现在我看到的一切相比，以前的推测是何等贫乏！我的四个儿子静静地在西北角的房间里睡觉，两个失去父母的孙子在南边的房间里，仆人、管家、女儿各自在房间里。只有我亲爱的妻子因为一直不见我的踪影而焦躁不安，她离开了自己的房间，正在客厅里来回走动，焦急地等我回去。还有那个童仆，之前被我的叫嚷声吵醒，离开了自己的房间，以确定我是否晕倒在某个角落为由，正在撬开我的书房里的柜子。现在我能看到这一切，不只是推测，当我们越来越靠近时，我还能看到柜子里的东西，有两箱金子和球体之前提到的账簿。

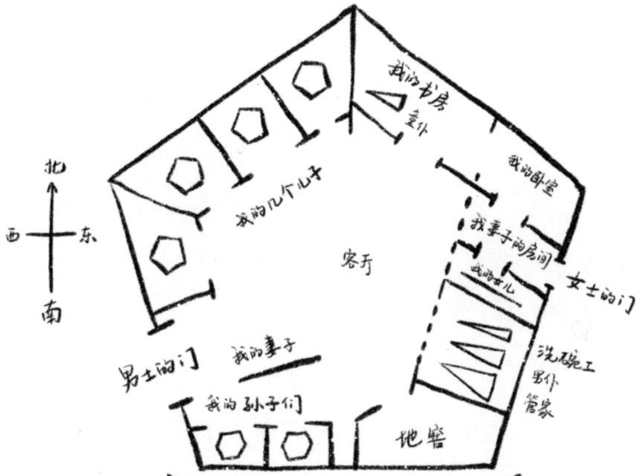


看到妻子那么不安，我深受感动，想跳下去安慰她，但我发现自己无法移动。“不用紧张你的妻子。”我的导师说，“她不

会担心太久，现在让我们看看整个平面国。”

我感觉到自己又在空间中上升了。正如球体所说，我们离得越远，视野就越开阔。我的故乡、每一座房子的内部和每一个人，都像微缩模型般展现在眼前。我们飞到更高的地方，看哪，大地的秘密、矿藏和山洞的最深处，全都暴露在眼前。

大地的奥秘就这样展现在渺小的我的眼前，这让我惊叹不已，便对同伴说：“你瞧，我变成上帝了。我们国家的智者说，只有上帝能纵览一切，或者用他们的话说，拥有看见一切的能力。”

我的导师带着嘲讽的口吻回答：“真是这样吗？那么，连我们国家最不堪的小偷和杀人犯，也会被你们的智者奉为神明，因为他们当中任何一个人看见的东西都和你一样多。相信我，是你们的智者搞错了。”

我：“那么除了上帝，其他人也拥有看见一切的能力吗？”

球体：“我不知道。但如果我们国家的小偷或杀人犯能看到平面国的一切，你们绝不会把他们奉为上帝吧。你所说的这种看见一切的能力——在空间国里不是常见的词语——会让你变得更加公正、仁慈、无私和有爱心吗？根本没有。那么，它怎么就让你变得更加神圣呢？”

我：“更加仁慈，更有爱心！可这些是女性的品质！我们知道，比起线段，圆形是更高级的存在，因为知识与智慧比情感更加受人尊崇。”

球体：“我没有资格去区分人类的贵贱。但空间国许多最优秀和最睿智的人更看重情感，而不是学识，更尊崇被你们轻视的线段，而不是被你们推崇的圆形。不过呢，别说这个了。看那边，你知道那座建筑是什么吗？”

我放眼望去，看到远处有一座巨大的多边形建筑。我认出那是平面国的国会大厦，周围是一排排密集的五边形建筑，互成直角，我知道那是街道。我意识到自己正去往首都。

“我们在这里降落。”我的导师说。现在是早晨，是平面国纪元2000年的第一天的第一个小时。最高等级的圆形阶层正严格遵循他们的惯例，在庄严的会议室召开会议，在纪元1000年的第一天的第一个小时，以及纪元0年的第一天的第一个小时，他们也是这样做的。

现在有人在宣读上一次会议的纪要，我认出那是我的哥哥，一个完美的正方形，他是最高委员会的秘书长。每一次会议都这般记录着：“鉴于各州均有别有用心的人潜入作乱，伪称自己得另一个世界的启示，并可以演示，从而煽动情绪，祸及自身与他人，最高委员会一致决议，在每一个新千年的第一天，向平面国各地区的行政长官下达特别指令，全力搜捕此类误入歧途之人，无须经过正式的检查，如果是等腰三角形，无论角度大小，一律处死；如果是等边三角形，一律处以鞭刑与收监；如果是正方形或五边形，遣送至当地的收容所；如果是贵族，逮捕后直接押送至首都由最高委员会审理。”

当最高委员会三次表决通过正式决案时，球体对我说：“你听到自己的命运了，等待宣扬三维世界福音的使徒的，是死刑或囚禁。”

“不会的，”我答道，“现在我已经了解到事情的真相，三维空间的本质如此清晰明了，我想我甚至能向小孩解释清楚。请允许我现在下去启发他们。”

“还不是时候。”我的导师说，“时机会到来的。现在，我必须完成我的任务。你留在原地不要动。”他一边说一边敏捷地跃入平面国的人海中(如果我可以这么形容的话)，恰好落在坐成一圈的委员们中间。“我来这里，”他大声喊道，“是宣告三维世界的存在。”

当球体的圆形截面在他们面前变大时，我看到许多年纪较轻的委员被吓得连连后退。但担任委员会主席的那个圆形做了个手势——他没有流露出半点惊诧——六个下等阶层的等腰三角形，从六个不同的地方冲向球体。“我们抓住他了，”他们喊道，“不对，是的，我们还是抓住他了！哎呀，他要逃跑！他跑掉了！”

“诸位阁下，”主席对那些资历尚浅的圆形委员们说，“大家无须惊慌，我在只有我能看到的秘密档案里，了解到类似事件在上两个千禧年伊始也发生过。当然，你们绝不能将这种小事传出这间会议室。”

接着，他抬高嗓门，召唤侍卫：“将这些警卫抓起来，塞住他们的嘴巴。你们知道该怎么做。”他判决了那帮可怜的警卫的命运之后——这些不幸的警卫，看到了不允许他们看到的国家秘密——继续对委员们说，“诸位阁下，会议到此结束了，祝大家新年快乐。”离开之前，他对秘书长，也就是我那位能力出众却极不走运的哥哥表达了真诚的歉意，为了保守秘密，他不得不判处我的哥哥终身监禁。然后，他又补偿性地说，只要我的哥哥不把今天的事情泄露出去，他的性命还是能够保住的。

## 十九　尽管球体向我展现了空间国的许多秘密，但我仍渴望知道更多，以及之后发生的事

眼看可怜的哥哥将要被押去监狱，我试图从天而降，进入最高委员会的会场，为他求情，或者至少与他道别。但我发现我无法自主移动，我的行动完全取决于我的导师的意愿。他沮丧地说："别管你哥哥了，以后你会有充裕的时间安慰他。跟我来吧。"

我们再次升到空间里。球体说："至此，我只让你看了平面图形和他们的内部。现在，我要向你介绍立体图形，并给你演示他们是如何形成的。看，这里有许多可以移动的正方形卡片。我把一张卡片放到另一张卡片上，不是像你想的那样，放在北边，而是放在上面。接着是第二张、第三张。看，我正在构建

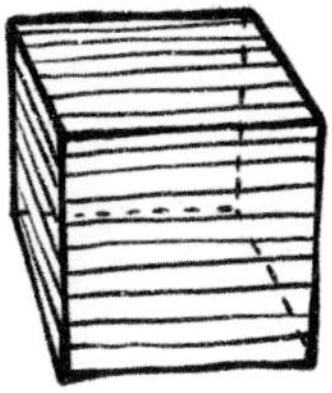

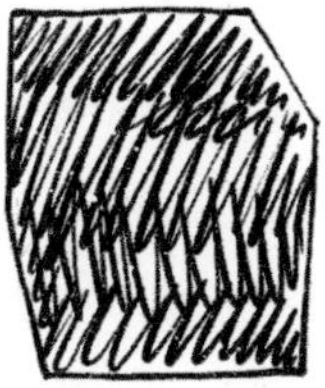

一个由许许多多平行的正方形组成的立体图形。现在，这个立体图形完成了，它的高度和长度、宽度相同，我们称之为立方体。”

“抱歉，阁下，”我答道，“但在我眼里，这只是一个内部展现在我眼前的不规则图形。换句话说，我想我看到的不是一个立体图形，而是类似于我们平面国推测出的不规则图形，是一个穷凶极恶的罪犯，因此，我不忍卒视。”

“确实如此，”球体说，“在你眼里这是一个平面图形，是因为你还不熟悉光影与透视。就像在平面国里，一个六边形在没有掌握视觉辨认的人眼里只是一条线段。但事实上，这的确是一个立体图形，你去触摸一下就知道了。”

然后，他将我介绍给这个立方体，我发现这个奇妙的家伙的确不是平面图形，而是一个立体图形。他有六个平面，还有八个被称为立体角的端点。我记得球体说过的话：这个家伙是由一个正方形在空间里平行移动而形成的。我兴奋地想，像我这样一个不起眼的小人物，居然在某种程度上可以算作孕育了如此优秀的后代的祖先呢。

但我还是不能完全理解我的导师对我说的“光”“影”与“透视”的含义，我毫不犹豫地向他提出自己的困惑。

如果将球体对这些话题的解释写下来，虽然内容简单明了，但空间国的人会嫌我啰唆，因为他们早已了解这些知识。总之，通过他清晰的阐述，并变换物体和光源的位置，以及允许我触摸这些物体，甚至包括他自己神圣的身体，我终于明白了所有的一切。现在，我可以轻松地将圆形与球体、平面图形与立体图形区分开来。

我丰富而奇妙的一生，达到了顶点，如同置身于天堂。接下来我要讲述的，是我坠入痛苦深渊的故事——非常悲惨，也非常冤枉！为什么对知识的渴求只会招致失望与惩罚呢？当我想起自己遭受的羞辱和痛苦时，我感到意志消沉。但是，只要能唤醒平面图形和立体图形心中的反抗精神，突破将我们局限在二维世界或三维世界或一切维度世界的自负情绪，那么我愿意像普罗米修斯那样，承受这一切，甚至更糟糕的结局，将个人的成败与荣辱统统置之度外！让我继续说下去吧，不再岔开话题，也不再患得患失，冷静地讲述这段历史。确切的事实，确切的文字——它们被烙印在我的头脑里——将被只字不易地记录下来，留待我的读者去审判我和我的命运。

球体原本很乐意继续他的课程，传授所有规则的立体图形的知识——圆柱体、圆锥体、三棱锥、五面体、六面体、十二面体与球体。但我壮起胆子打断了他。不是因为我对知识感到厌倦，恰恰相反，我渴望知道更深刻、更丰富的知识。

“抱歉，”我说，“我不能再视您是最完美的了，但请允许我恳求您同意让我一睹您的内部。”

球体：“我的什么？”

我：“您的内部，您的肚子、肠道。”

球体：“这个不合时宜的无礼要求是怎么想出来的？还有你说我不再是最完美的了，又是什么意思？”

我：“阁下，您的智慧引导我去追求一个更伟大、更美丽，也更接近完美的存在。您比平面国的所有图形都更高级，是由许许多多圆形结合而成的，因此，毫无疑问，在您之上还有另外一个更高级的存在，是由许许多多球体结合而成的，甚至超越了空间国的立体图形。就像我们现在这样，从空间国俯瞰平面国，可以看到所有事物的内部。所以可以肯定，在我们之上还有一个更高级、更纯粹的国度，您一定会带我去那里——噢，无论去哪里，在任何维度，您都是我的神父与良师益友——从更广阔的空间、更高的维度，我们从那个优越的位置，一同纵览三维物体的内部。您与其他球体的内部，将展现在我这个被平面国流放的可怜兮兮的放逐者的眼前，您已经赐予了我太多太多的好处。”

球体：“哼！别说这些废话！时间紧迫，在你向那些愚昧无知的平面国同胞传播三维世界的福音之前，还有很多事情要去完成。”

我：“不，尊敬的导师，请不要拒绝我，我知道您有能力做到。请让我看一眼您的内部，那我就永远满足了，永远做您听话的学生、忠诚的奴仆，愿意接受您的所有教诲，遵从您说的每一句话。”

球体：“好吧，为了让你知足和住口，我这么告诉你吧，如果我能做到的话，我会满足你的愿望。但是我做不到。难道为了让你满意，我要把肠胃翻出来给你看吗？”

我：“但阁下带我来到三维世界，让我看到了二维世界所有同胞的内部。因此，或许阁下可以带我再度启程，前往幸福的四维世界，还有比这更快乐的事吗？在那里，我们可以一起俯瞰三维世界，看到每一座三维世界的房屋的内部，看到空间国大地的秘密，看到空间国的矿藏，以及每一个立体图形，甚至包括高贵可敬的球体的内部。”

球体：“可是，这个四维世界在哪儿呢？”

我："我不知道。但我的导师您肯定知道。"

球体："我不知道。这个地方并不存在。这个念头完全是异想天开。"

我："连我都能想象出来，阁下，您是我的老师，那就更不成问题了。不，我不会那么悲观，即使在这里，在三维世界里，阁下的高超技能一定能让我看到第四个维度。就像在二维世界里，您的技能让蒙昧的仆人睁开了双眼，看到原本看不见的三维世界。

"且让我回忆过去吧。当我看到一条线段并推测出这是平面图形时，其实我看到了第三个原本未被察觉的维度，不是亮度，而是'高度'，难道不是吗？顺理成章地，在这个世界里，当我看到一个平面图形并推测出这是立体图形时，其实我看到的是第四个原本未被察觉的维度，不是颜色，而是实际存在的维度，只不过它实在太小了，无法被测量到，难道不是吗？

"除此之外，还能通过形状的类比法论证。"

球体："类比法！胡说八道！什么类比法？"

我："阁下是想考验我是否记得您传授给我的启示吧？请别戏弄我了，阁下。我渴望得到更多的知识。无疑，我们现在看不见更高层次的空间，因为身体里没有眼睛。但是，就像平面国就在邻近，那个可怜、渺小的国王无法左右转动，怎么也看不见平面国。就像三维世界近在咫尺，紧挨着我的边框，我这个盲目糊涂的可怜虫却没有能力触摸它，身体里也没有眼睛看到它。因此，四维世界一定存在，阁下可以用心灵之眼看到它。依您的教导，它必定存在，难道您忘记了自己传授给我的知识了吗？

“在一维世界里，一个移动的点产生了一条有两个端点的线段，难道不是吗？

“在二维世界里，一条移动的线段产生了一个有四个端点的正方形，难道不是吗？

“在三维世界里，一个移动的正方形产生了一个神圣的东西，一个有八个端点的立方体，这难道不是我亲眼所见吗？

“那么，在四维世界里，一个移动的立方体——唉，万一真相并不是这样，就当这是为了真理的进步而做的类比——我要说的是，一个神圣立方体的移动将造就一个更加神圣的有十六个端点的东西，难道不是吗？

“看看这个绝对可靠的证据吧，2、4、8、16，这难道不是一个几何级数吗？这难道不是——如果可以引述阁下的话——‘严格依照类比法’吗？

“而且，我不就是受到阁下的教诲，才了解到一条线段有两个端点、一个正方形有四条侧边，因此，一个立方体必然有六个正方形侧面将其包围的吗？再看看这个可靠的证据吧——2、4、6，这不就是算术级数吗？故而，神圣的立方体在四维世界里诞下的更加神圣的后代，一定有八个将其包围的立方体，这难道不是顺理成章的事情吗？这难道不是阁下教导我的，'严格依照类比法'吗？

"噢，阁下，阁下，看哪，我的信仰建立于推测之上，而不是对事实的掌握，我请求阁下证实或否定我依照逻辑做出的预测。如果我错了，我会乖乖认命，不再要求去四维世界；但如果我是对的，希望阁下能相信真理。

"因此，我要问的是，您的同胞是否曾看到一个更高层次的存在降临世上，进入封闭的房间，就像阁下进入我的房间，无须开启门窗，能随心所欲地出现和消失？为了得到这个问题的答案，我愿意付出一切代价。如果答案是否定的，那我从此会保持沉默。我只求得到一个答案。"

球体（停顿了一会儿）："记录里确实有这样的记载，但人们对此有不同的看法。就算相信这是事实，也会以不同的方式去解释。可是，无论有多少种不同的解释，没有一个人提出或接受四维空间的理论。因此，这番胡言乱语就到此为止，我们回到正经事上吧。"

我："我知道是这样的，我肯定我的猜测会被证实。请您对我多些耐心，再回答我一个问题，您是最好的导师！那些不知道从哪儿突然出现又不知道消失去哪儿的人，是否也能逐渐收缩，然后消失，去往更加广袤的空间，也就是我正恳求您带我去的那个地方？”

球体（愠恼地）：“他们的确消失了——如果他们真的出现过的话。但大多数人说，这些都是幻想出来的——你不会明白我的话——源自大脑，源自幻想家躁动的角。”

我：“他们是这么说的吗？噢，不要相信他们。如果真是那样的话，这个更高级的空间其实就是思想国，那么请带我去那个神圣之地吧。在那里，我就能看到所有立体图形的内部。在那里，在我渴求的眼前，一个立体图形正朝一个全新的方向移动，严格依照类比法，让他内部的每一个点都经过一个新的空间，留下轨迹，从而缔造出一个比他自己更完美的东西，有十六个超立体的端角，周边有八个立方体环绕。一旦到了那里，我们是不是会停止向上？在那个神圣的四维世界，我们会徘徊在五维世界的边缘，不得其门而入？啊，不可以！让我们下定决心，我们的理想将与身体一起飞升。然后，在我们的思想冲击下，六维世界的大门将会打开，然后是七维世界，然后是八维世界……”

要不是球体以怒吼般的声音反复让我安静下来，还威胁说要是我再喋喋不休，他就会用最可怕的方式惩罚我，我不知道自己还会说多久。没有什么事能阻止我充满狂喜、心潮澎湃的思绪。或许责任真的在我，但我只是沉迷于他刚刚传授给我的真理之中。然而，后果随之而来。一个来自外部的冲击打断了我的话，同时，我的体内也受到冲击，然后我便离开空间，极速的穿行让我无法开口。下坠！下坠！下坠！我在急速下坠，我知道回到平面国将是最终的下场。我又看到了那片乏味的平原，永生难忘的一瞥——现在它再度成为我的整个世界——它就在我的眼前展开。然后是一片黑暗，接着是终结一切的轰响。当我恢复神志时，我又成了一个寻常的正方形，在我的书房里慢慢蠕动，听见妻子发出安全警报，并向我靠近。

## 二十　球体如何在梦中鼓励我

虽然我只有不到一分钟的反应时间，但是出于本能，我觉得绝不能向我的妻子透露这番经历。当时我并非担心她会泄露秘密，而是知道平面国没有一个女性能理解我的经历。于是，我临时杜撰了一个故事，试图让她安心，说自己不小心摔到地窖里晕了过去。

在我们国家，向南的引力是如此轻微，连女性也一定会觉得我的故事不可思议。但我的妻子比普通女性更聪慧，她察觉到我比平时更加兴奋，并没有和我争论此事，而是坚持说我生病了，需要休息。我很高兴有个借口回房间，可以静静地思考刚才发生的事情。当我终于可以独处时，我感到睡意来袭。然而，在我合眼睡去之前，我努力回想三维世界，尤其是一个正方形通过移动形成立方体的过程。虽然印象不及期盼的那么清晰，但我依然记得“向上，而不是向北”。我决心牢牢记住这句话，坚定地把握住这个线索，一定会引导我得出结论。于是，我呆板地反复念叨着“向上，而不是向北”，就像在念诵一则咒语，然后进入了美梦。

在我熟睡时，我做了一个梦。我觉得自己再次来到球体的身边，他光彩熠熠的身体表明他已经不再生我的气，变得非常温和。我们朝一个非常小的亮点走去，我的导师让我多加留意。当我们走近时，我觉得它发出了类似空间国绿头苍蝇的嗡嗡声，只是更微弱。即使在我们飞升而上的静谧的空间里，也直到我们与那个点相距大约二十个身体对角线那么远的距离时，那个声音才传进我们的耳朵。

“看那边，”我的导师说，“你曾生活在平面国，也见过直线国，还与我升入了空间国，现在，为了让你拥有完整的体验，我将带你去最低的维度，到孤点国的世界，那里是没有维度的深渊。

“看看这个可悲的家伙。那个亮点和我们一样都是人，但他被困在没有维度的深渊里。他自己就是他的世界、他的宇宙，他对自己以外的一切完全没有概念。他不知道何谓长度、何谓宽度、何谓高度，因为他根本未曾体验过这些。他甚至不知道数字 2 代表什么，也从来没有想过复数。因为他就是唯一，也是全部，但其实微不足道。你瞧，他在自鸣得意，因此，记住这个教训：自鸣得意是愚蠢的恶行，积极进取胜于盲目而无力的快乐。现在，你听。”

他停了下来。那个正在嗡嗡响的小不点发出细微、低沉、单调却又清晰可闻的叮叮当当的声响，就像空间国里的留声机一样。我听出下面这番话：“它便是存在的无限之美！它便是存在，别无他物。”

“什么，”我说，“那个渺小的家伙说‘它’是什么意思？”

“他在说他自己。”球体说，“婴儿和幼稚的人无法将自己与世界区分开来，他们以第三人称称呼自己，难道你没有注意到吗？不要作声！”

“它充满了整个空间，”那个正在低声独白的小不点继续说，“它充满的就是它自己。它心中想什么，就说什么；它嘴里说什么，就听见什么。它自身就是思考者、讲述者、倾听者，就是想法、话语、听觉。它既是唯一，又是全部的一切。啊，幸福！啊，存在的幸福！”

“您就不能让那个小家伙别再自鸣得意下去了吗？”我说，“告诉他真相是什么，就像您告诉我的那样。让他了解孤点国是多么狭窄和局促，引导他去更高级的世界。”

“那可不容易。”我的导师说，“你不妨试试。”

于是，我将嗓门抬到最高，对那个点说出了下面这番话：

“安静，安静，你这可鄙的家伙。你自诩为全部的一切，但你其实什么都不是。你所谓的宇宙只是一条直线上的一个小点，而直线只不过是一个影子，相比——”

“闭嘴，闭嘴，你说得太多了。”球体打断了我，“现在听着，注意你这番高谈阔论对孤点国国王的影响。”

听了我的话，这位闪闪发亮的国王变得更加明亮了，显然，他仍沉浸在得意之中。我刚说完，他又开始独白：“啊，快乐！啊，思考的快乐！没有什么事情不能通过思考实现！它的思想自发产生，虽带有贬低的意味，却增强了它的幸福！甜蜜的反抗被激起，并将获得胜利！啊，万物归之一体的神圣创造力！啊，幸福！啊，存在的幸福！”

“你瞧，”我的导师说，“你的话根本不起作用。即便这位国王真的明白其含义，他也会以为那是他自己的想法——因为他无法想象除了他自己还有其他人——并为其想法的多样性而沾沾自喜，认为那是创造力的体现。我们离开这位孤点国的国王，他的无处不在和无所不知造就了他的无知，你我都无法将他从自我满足中解救出来。”

然后，我们翩然飞回平面国，我能听到我的导师以温和的声音向我解释这个梦境的意义，鼓励我积极进取，并教导别人也去追求。他承认自己起初很生气——我竟然幻想超越三维世界，但后来他接纳了新的观点，他不至于骄傲到不愿向学生认错。然后，他又让我见识了更高级的奥秘，展示如何通过立体图形的移动构造超立体图形，以及如何通过超立体图形的移动构造超超立体图形，一切都“严格依照类比法”，如此简单易懂，哪怕是女性也能理解。

# 二十一　我如何尝试向我的孙子传授三维理论，以及结果

我一觉醒来，神清气爽，开始思考眼前的光明前程。我想立刻在整个平面国传播福音，甚至向女性和士兵宣讲三维世界的真理。我应该先从我的妻子开始。

就在我制订行动计划的时候，我听到街上传来许多声音，要求大家肃静。接着是一个更加高亢的声音，一个传令官在宣布法令。我专注地倾听着，发现那是最高委员会的决议：责令逮捕、监禁或处决任何以幻象迷惑人心和声称得到另一个世界启示的人。

我沉思了一下。这是不可小觑的风险。我还是绝口不提我的启示为妙，而是通过展示说明——毕竟，展示能让一切变得简单明白，放弃启示似乎也不会有任何损失。“向上，而不是向

北”——这就是所有证据的线索。在我睡着之前，这句话似乎非常清晰；刚从梦中醒来时，它依旧非常鲜明，就像算术题一样浅显易懂。但不知怎么的，现在我觉得它似乎不那么清晰了。这时，我的妻子正好走进房间，我们像平时一样闲聊了几句之后，我决定还是不从她开始了。

我几个五边形儿子为人正直，都是颇具声望的医生，但并不精于数学，因而不是我传福音的合适对象。但我突然想到，那个性情温顺而且有数学头脑的小六边形，将是最合适的学生。因此，何不以我早慧的小孙子作为第一个实验对象呢？他曾随口问起 $3^3$ 具有什么意义，那不是已经得到球体的证实了吗？他只是一个小男孩，和他探讨应该绝对安全，想必他对最高委员会的公告内容一无所知。而我不能肯定我的几个儿子——他们满怀忠于圆形的爱国热情，几乎到了盲目崇拜的程度——如果发现我怀有关于三维世界具有煽动性的异端思想，会不会将我扭送到警察局。

但我首先要以某种方式满足妻子的好奇心，她当然想知道为什么那个圆形要神秘地见我，以及他是如何进屋的。我不再详细叙述我给她精心编造的故事——我担心那番讲述不像空间国的读者所希望的那样严格符合事实——我只能说最后我成功说服她安安静静地忙家务，不再追问我关于三维世界的事情。

然后，我赶紧叫人把我孙子喊来，说实话，我发现自己正在忘记所见所闻，就像一个依稀记得的绮梦，正奇怪地离我而去；而且我迫切地想找一个信徒尝试技艺。

我的孙子进入房间后，我小心翼翼地关上门。接着，我坐在他的身边，拿出我们的数学簿——或许你们认为那是几条线段而已——我对他说，我们继续昨天的课程。我再次教他一个点如何在一维世界里移动而产生一条线段，一条线段如何在二维世界里移动而产生一个正方形。然后，我发出一声干笑，说："现在，小淘气鬼，之前你想让我相信一个正方形以同样的方式，通过'向上，而不是向北'的移动，可产生另一个图形——三维世界里的超正方形。你再说一遍，小淘气鬼。"

这时，我们再次听到正在宣读最高委员会决议的传令官在街道上的叫嚷："噢，是的！噢，是的！"虽然我的孙子年纪尚幼，但他是一个早慧的孩子，而且从小就被教导绝对尊崇圆形的权威，他的反应之激烈是我始料未及的。他一直保持沉默，直到宣读的声音渐渐平息，然后泪流满面。"亲爱的爷爷，"他说，"我只是说着玩的，我当然不是那个意思。当时我们对新的法律一无所知。我想那时候我根本没有说过关于三维世界的话，我肯定我根本没说过'向上，而不是向北'，您知道，这根本是无稽之谈。一个东西怎么能向上而不是向北移动呢？'向上，而不是向北！’就算我是个小孩，也不会荒唐到说出那番话。那真是太傻了！哈哈哈！”

“根本不傻，”我有点生气地说，“看看这个，我拿起这个正方形。”说到这里，我拿起手边的一个可以移动的正方形，“我在移动它，你瞧，不是向北移动，而是——是的，向上——也就是说，向北移动，接着又移动到别的地方——不是这样，而是……”说到这里，我开始语无伦次，不知所措地摇晃着那个正方形，逗得我的孙子哈哈大笑，笑声比平时更加响亮。他说我不是在教他数学，而是在逗他玩。他边说边打开房门，一溜烟地跑了出去。我向学生传授三维世界福音的第一次尝试，就这样结束了。

# 二十二　我如何尝试以其他方式传播三维理论，以及结果

我在孙子这里的尝试失败了，没再将心中的秘密告诉其他家人，也没有因此对成功感到绝望。我只知道，我绝不能完全依赖“向上，而不是向北”这句警言，而是要努力寻找一种让大众清楚地领会整件事的展示方式。为此，我似乎有必要通过写作去实现。

于是，我花了几个月的时间悄悄撰写了一篇关于三维世界奥秘的论文。为了尽可能避免触犯法律，我提及这并非现实中的维度，而是幻想中的思想国，在那里，理论上有一个图形能俯瞰平面国，能看见所有事物的内部。或许还有一种图形，被六个正方形的侧面包围，有八个端点。但在写这本书时，我沮丧地发现自己遇到了阻碍，根本画不出能证明我的想法的示意

图。因为在我们平面国，显然没有书本，也没有示意图，只有线段。一切都只是线段，只能通过尺寸与明暗区分。因此，写完论文之后（标题是《从平面国到思想国》），我不知道其他人是否明白我的意思。

与此同时，我的生活阴云密布。所有的愉悦都对我失去了吸引力，所有的景象都在挑逗和引诱我说出大逆不道的话，因为我无法不去将我在二维世界里看到的情景与在三维世界里看到的真实情景进行比较，进而忍不住将结果大声说出来。我无心理会客户与自己的事务，只想好好地琢磨曾经见过的奥秘，但我无法与任何人分享。我甚至发现，要在自己的脑海里重现那一切正变得日益困难。

从空间国回来十一个月后的某一天，我合上眼睛，试图在脑海里回想立方体的样子，但是我失败了。虽然后来想了起来，但我不能完全肯定（之后也一直无法肯定）那就是我当初看到的立方体。这让我比以往更加消沉，并促使我决定采取一些措施。至于什么措施，我还不知道。只要能够让人相信我的说法，哪怕为此献出生命也在所不惜。但是，如果我连自己的孙子都说服不了，又怎么能说服地位崇高、头脑发达的圆形呢？

然而，我的念想实在太强烈了，有好几次发表了危险的言论。虽然我还没有被认为是卖国贼，但已经被视为异见分子。

我敏锐地察觉到自身危险的处境。不过，即使置身于最高级的多边形和圆形之间，我有时仍会不由自主地发表惹人怀疑或带有煽动性的言论。譬如说，在讨论如何处置那些声称自己可以看到事物内部的疯子时，我引述了一位古代的圆形的话，他曾说，先知和受到启示的人总是被大多数人视为疯子。我偶尔没忍住也会说出类似“能够看到事物内部的眼睛”和“能看见一切的国度”之类的话，甚至有一两回，我脱口而出“三维”“四维”这样的禁语。最后，在犯遍了所有小的错误之后，在行政长官的家中举行的地方思辨会上，某个傻得出奇的人朗读了一份报告，阐述了上帝将世界限制在两个维度的原因，以及为什么只有上帝拥有看见一切的能力——而我竟忘乎所以，叙述了我追随球体前往空间国的经历，提到去了位于平面国首都的国会大厦，然后又去了空间国，最后回到家里的经过。我把在现实和梦境中的所见所闻全说了出来。事实上，起初我还假装在讲述一个虚构人物的幻想经历，但我的激情很快让我抛下所有的伪装，最后在一段热情洋溢的结束语中，我向所有听众发出呼吁，希望他们放弃偏见，成为三维世界的信徒。

我立刻被捕，被带到最高委员会。这难道还用说吗？

第二天早晨，我站在几个月前曾与球体所在的地方，获准完整地讲述自己的故事，没有人质疑我或打断我。然而，从一开始我就预见了自己的命运，因为主席在我为自己辩护之前，命令原先在场的角度最小也有55度的高等警卫退下，换上只有2度或3度的下等警卫。我清楚地知道这意味着什么。我将被处决或监禁，我的故事将对世界永远保密，听到的人也会被处死。既然如此，主席希望用相对廉价的警卫作为牺牲品。

在我做完辩护陈词之后，主席或许察觉到一些资历尚浅的圆形被我溢于言表的热情打动了，于是问了我两个问题：

一、我能否指出“向上，而不是向北”所指的方向？

二、我能否用示意图或描述（而不是一味列举想象出的侧面与角度）来证明那个我称为立方体的图形？

我无法证明，但我相信真理的存在，真理最终必将胜利。

主席说他很欣赏我的精神，相信我已经做到了最好，但他必须宣判我被终身监禁，如果真理希望我获释并向世界传播福音，那么真理会让这一切实现。与此同时，如果我不想着逃跑的话，将不会遭受酷刑。如果我不惹是生非的话，还可以享有偶尔与比我先入狱的哥哥见面的特权。

七年过去了，我仍在狱中。除了偶尔与哥哥见面，我与所有人失去了联系，看到的人只有狱卒。我的哥哥是最出色的正方形，为人公正、明理、乐观，心怀兄弟之情。但我必须承认，每周一次的见面，至少在一件事上给我带来了痛苦。当时球体在最高委员会出现的时候，哥哥就在现场，他看到了球体不断变化的截面，也听到了球体向圆形做出的解释。在这整整七年里，几乎每个星期，他都会听我反复说起我在那次事件中扮演的角色、对空间国种种现象的详尽描述，以及通过类比法推导出立体图形的存在。然而，我不得不羞愧地承认，我的哥哥还没有理解三维世界的本质，并坦诚地承认自己根本不相信球体存在。

就这样，我没有说服任何人改变信仰，我清楚地知道降临在我身上的千年一回的启示，将不会产生任何结果。空间国里的普罗米修斯为凡人带来了火种，而我——可怜的平面国的普罗米修斯——却躺在监狱里，不能为我的同胞带来什么。但我仍心存希望，这本回忆录将以某种我不知道的方式进入某个维度的人们的思想中，或许将激起不愿接受有限维度禁锢的人的反抗。

这就是在我乐观时怀有的希望。唉，但内心并不总是乐观的。有时我感到心情沉重，我无法自信地回想起曾经见过并令我魂牵梦萦的立方体。夜里做梦时，"向上，而不是向北"那句神秘的箴言就像吞噬灵魂的斯芬克斯，对我穷追不舍。这是我为真理献身而承受的痛苦。在我心志薄弱时，正方体与球体会从我的脑海中飞走，似乎根本不存在，空间国几乎就像直线国或孤点国一般虚无缥缈；不，甚至就连这堵禁锢了我的自由的墙、我正在上面书写的纸张，以及平面国所有的现实，似乎都只是精神病人的幻想，或是虚无缥缈的梦境的残余。

虚无缥缈的幻景……

消融于稀薄的空气中……

由梦幻构成的物事……*

---

* 均出自莎士比亚作品《暴风雨》。

## 译后记

在《星际穿越》中，导演克里斯托弗·诺兰精心设计了少女墨菲的书架。被诺兰选择放在书架上的书，不仅与影片中的人物形象相符，也传递了诺兰自己的理念。通过这些书，诺兰悄悄地告诉我们：究竟是哪些文学作品启发了他。

其中便包括这本《平面国》。

事实上，距离《平面国》第一次出版已经过去了一百多年。在这一百多年的时光里,《平面国》在西方世界得以一版再版，成了历久弥新的经典之作。

《平面国》的作者埃德温·艾伯特·艾伯特，出生于 1838 年，其父埃德温·艾伯特与其母简·艾伯特是堂姐弟关系，故埃德温的中间名与姓都是“艾伯特”。埃德温毕业于剑桥大学，是一位致力于神学和莎士比亚研究的学者。不过，埃德温在数学方面更有天赋。读书期间，在跨考数学系的考试中也能名列前茅。所以，他能写出《平面国》这样短小精悍的科幻小说并不为奇。在埃德温的眼中，宗教与科学不是对立的词语。上帝可以以方程式创造自然界，我们也可以用数学语言回应上帝。

埃德温曾在剑桥大学圣约翰学院接受古典文学、数学与神学教育，因表现优异被邀请进入圣约翰学院，成为一名研究员。24 岁时，埃德温投身教会成为牧师，并追随父亲埃德温·艾伯特的脚步投身教育事业，两年后担任著名私立学校伦敦城市学校（也是埃德温的高中母校）校长，直至 1889 年退休。退休后，埃德温继续从事神学与古典文学的研究，出版了《使徒圣保罗回忆录》《坎特伯雷的圣托马斯行传》《莎士比亚时期的英语文法》等作品，在教育界与神学界享誉一时，并担任英国国家学术院院士。

在《平面国》中，埃德温以童话故事的手法，描绘了一个虚幻的二维世界。平面国的居民都是平面图形，男性的形状从最简单的三角形延伸至边数众多以至近乎圆形的多边形，女性则被统一为线段。基于此，平面国形成了由圆形（即万边形）首领领导的最高委员会掌握至高权力、男女不平等、等级制度森严的政教合一的体制。本书借虚构的平面国居民正方形（在阶级地位上仅高于女性与作为劳动阶层的三角形）之口，阐述了平面国的风土人情与社会面貌，以及他在孤点国与直线国的游历体验。随后，在千禧新年到来之际，正方形结识了来自三维世界的球体，并在其启发下了解到超越二维世界的“向上，而不是向北”的道理。他原本希望肩负起在平面国传播福音的光荣使命，却发现自己已被以圆形为首的势力监禁，身陷众叛亲离的困境之中。

埃德温大半的人生岁月，都处于维多利亚女王当政时期（1837—1901），彼时，资本主义体制在英国全面确立，对内积极开展工业革命与产业升级，对外加大殖民扩张与市场倾销，英国正在成为日不落帝国的道路上前行着。在这样的社会背景下，埃德温创作《平面国》有着双重旨趣：其一是借平面国的社会结构揭示英国在维多利亚时代所面临的以贵族为主导的封建阶级体制与蓬勃发展的公民社会、人皆平等的思想传播之间的深刻矛盾。1689 年光荣革命之后，英国正式确立了君主立宪制的政体，但基于出身与财产的要求，平民阶层仍被排除在参政议政的范围之外。尽管通过 1832 年与 1867 年两次议会改革，扩大了参与下议院选举的选民基数，政治权利进一步向社会基层普及，但与现代意义上的全民普选仍相距甚远。埃德温敏锐地察觉到，在公民社会的形成过程中必然会发生与旧体制的矛盾与冲突；而发生于1789年至1899年的法国大革命造成的对旧体制的彻底冲击、政治强人拿破仑的横空出世及轰然垮台，对维多利亚时期的英国公民来说仍记忆犹新。所以，埃德温虚构了充满革命浪漫主义情怀的颜色法案与颜色动乱。推崇“全民平等、男女平权、天性解放”的轰轰烈烈的动乱最终在老奸巨猾的圆形首领的挑拨离间下惨淡收场，在一定程度上体现了英国保守力量的顽固与埃德温对空想社会主义“一夜间改天换地”的深刻反思。

其二，在《平面国》中，女性被描绘为只会絮絮叨叨发出安全警告的线段，完全依附于男性，这其实是埃德温使用的正题反说的烘托手法，以此突出女性群体在平面国遭到的种种不公待遇，进而宣扬男女平等的人文情怀。值得一提的是，在埃德温的晚年，英国的女权运动接连取得重大胜利，妇女在1918年首次获得选举权与被选举权，并于埃德温逝世两年后获得普遍公民权利。《平面国》中貌似扁平无趣但内心波澜起伏的女性形象，在加拿大女作家玛格丽特·阿特伍德的经典作品《使女的故事》及续作《证言》中重现，成为重要的母题——神权政治与男权主义结合，从精神与物质层面对女性实施全方位的压迫。

此外，埃德温充分发挥英国人冷面自嘲的幽默作风，讽刺了当时社会的种种乱象，比如对上流社会口音的盲目崇拜、贵族阶层的繁文缛节、近现代高等教育对年轻人的摧残、贵族阶层和教会势力内部私相授受等现象。

真正令《平面国》成为传世经典，历经百余年仍能引起读者共鸣的神来之笔，是其第二部分的浪漫描写。相比第一部分对平面国风土人情极尽现实主义的细致描述，作为虔诚的信徒，埃德温更希望用数学语言阐释人的认知能力如何超越维度的局限，接近上帝的“看见一切的能力”，从而摆脱世俗束缚，达到在精神上与超越维度的神祇并行的境界的可能。虽然埃德温未能在数学领域著书立论，但在正方形与球体关于四维世界的讨论中提到的“一个比立方体更加完美的个体”，它“有十六个超立体的端角，周边有八个立方体环绕”，正是1888年——《平面国》出版四年后，由英国数学家查尔斯·霍华德·辛顿提出的“超立方体”的概念。1907年，查尔斯出版《平面国别传》，讲述二维世界的个体在三维世界的一系列奇遇，以此向埃德温致敬。顺便提一下，“超立方体”所代表的凌驾于一维空间至三维空间的超越性意义，在漫威电影中被具体化为“空间宝石”的容器“宇宙魔方”，续写了几何学想象在科幻世界的浪漫传奇。被理工宅男奉为偶像的美剧《生活大爆炸》中的男主角谢尔顿·库珀曾感叹：“我最想去的地方，是埃德温·艾伯特的数学童话世界平面国。”

尽管埃德温没有在《平面国》中渲染降维打击的高效与残酷，但正方形在直线国、球体在平面国的随心所欲、往来自如，已从侧面反映了高维度的事物相较于低维度的事物所具有的巨大优势，几乎可以用“上帝视角”来形容。维度是每一个个体赖以存在的基础，在不知不觉间禁锢了个体看待世界与自身的视角，令个体自以为真理在握，接受并维护本不完美的世界秩序，并将勇于提出新鲜观点的他者视为异端。自鸣得意的孤点国国王、自大颟顸的直线国国王、自满傲慢的平面国首领都是如此，就连一开始如同天神下凡的球体，在面对正方形虚心求教四维世界的奥秘时，也会恼羞成怒，并严词威胁要给予最可怕的惩罚。对于这种狭隘情绪，埃德温对读者的期许是：希望《平面国》所阐述的思想能以某种他不知道的方式进入某个维度的人们的思想中，并激起不愿接受有限维度禁锢的人的反抗。

《平面国》最早出版于 1884 年 11 月，同年 12 月，在听取友人与文化界人士的意见后，埃德温对内容略做调整并撰写自序，再版的文本（即第二版）成为流传最广的版本，也是该译本的底本。

《平面国》是我在大学时最早接触的英文原版读物之一，当时留意到这本被归入“寓言类”的薄薄小书，是因为它的书名与我推崇的社会学家赫伯特·马尔库塞的经典作品《单向度的人》形成了鲜明的对比。在《单向度的人》中，现代社会将地域、科层、生产环节推向高效化和扁平化的同时，也将鲜活的个体变成工具，纳入模块化与批量培养的机制，令其丧失否定、批判与超越能力。

在我看来，《平面国》中正方形幸福而美满却浑浑噩噩的前半生，是对令我脊背发凉的未来人生的无情预言。翻译《平面国》成为我思之念之的计划，即使它无法让我超越现实维度的局限，也将成为我抵抗被一个逐渐单向度化的世界侵蚀的倔强姿态。

最后，我要感谢我的妻子与家人，因着他们的宠溺，我才得以在艰难的现实条件下继续荒唐的文学翻译梦。另外，我还要致敬每一位翻开此书的读者，愿你们阅读愉快。

**陈超**

**2020 年 11 月 27 日**